LES ANIMAUX, TOUTE UNE HISTOIRE…

© Flammarion pour la présente édition, 2010
© Flammarion, pour le texte et l'illustration, 2008
87, quai Panhard-et-Levassor – 75647 Paris Cedex 13
ISBN : 978-2-0812-4214-2

PRÉSENTÉ PAR ANNE DE BERRANGER

LES ANIMAUX, TOUTE UNE HISTOIRE...

Illustrations de Frédéric Sochard

Flammarion Jeunesse

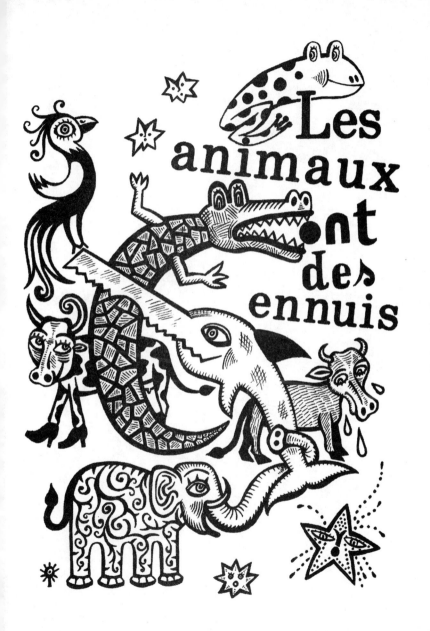

LES ANIMAUX ONT DES ENNUIS

Le pauvre crocodile n'a pas de C cédille
On a mouillé les L de la pauvre grenouille
Le poisson scie a des soucis
Le poisson sole, ça le désole

Mais tous les oiseaux ont des ailes
Même le vieil oiseau bleu
Même la grenouille verte
Elle a deux L avant l'E

Laissez les oiseaux à leur mère
Laissez les ruisseaux dans leur lit
Laissez les étoiles de mer
Sortir si ça leur plaît la nuit

Laissez les p'tits enfants briser leur tirelire
Laissez passer le café si ça lui fait plaisir
La vieille armoire normande et la vache bretonne

Sont parties dans la lande en riant comme deux folles
Les petits veaux abandonnés pleurent
Comme des veaux abandonnés

Car les petits veaux n'ont pas d'ailes
Comme le vieil oiseau bleu
Ils ne possèdent à eux deux
Que quelques pattes et deux queues

Laissez les oiseaux à leur mère
Laissez les ruisseaux dans leur lit
Laissez les étoiles de mer
Sortir si ça leur plaît la nuit
Laissez les éléphants ne pas apprendre à lire
Laissez les hirondelles aller et revenir.

Jacques Prévert,
Histoires, 1963
© Éditions Gallimard

Le Renard et les Oies

L e renard tomba un jour au beau milieu d'un troupeau d'oies bien grasses et bien dodues qui paissaient dans un champ. Il éclata de rire et dit :

— On ne saurait arriver mieux à point ! On croirait que vous m'avez appelé, mes jolies, à vous voir toutes là, bien gentiment, à attendre que je vous croque l'une après l'autre !

Tout le troupeau se mit à caqueter d'épouvante, tête dressée ; et ce fut un concert de lamentations et de supplications pour obtenir vie sauve. Le renard ne se laissa point attendrir pour si peu.

— Il n'y a pas de grâce qui tienne, leur dit-il, et vous allez toutes mourir !

Pour finir, il y eut une oie qui rassembla tout son courage et qui lui dit :

— Puisqu'il est dit que nous devons mourir toutes dans la fleur de notre jeunesse, malheureuses oies que nous sommes, tu nous accorderas au moins la grâce que personne n'oserait refuser à personne, et tu vas nous laisser faire notre prière afin que nous ne mourions pas en état de péché ! Après, nous nous alignerons en bon ordre, et tu n'auras qu'à choisir au fur et à mesure la plus grasse et la meilleure à ton goût.

— Oui, reconnut le renard, c'est une juste requête et une pieuse intention. Faites donc votre prière ; j'attendrai.

Alors la première commença avec ses ca-ca-ca une longue, mais vraiment longue litanie qui n'en finissait pas, et ca-ca-ca, et ca-ca-ca, si longue et si interminable que la deuxième n'attendit pas la fin pour prier à son tour ; elle commença, elle aussi, ca-ca-ca, sa litanie interminable ; et la troisième, à son tour, commença sans attendre son tour ; puis la quatrième, et enfin toutes les autres, ca-ca-ca : toutes les oies du troupeau prièrent et caquetèrent ensemble la litanie des oies.

(Et quand elles auront fini, on pourra vous raconter la fin du conte ; mais pour le moment, elles sont toujours en train de prier.)

Les frères Grimm,
Contes, 1812-1829

LE CHAT ET LE RENARD

L e Chat et le Renard, comme beaux petits saints,
S'en allaient en pèlerinage.
C'étaient deux vrais Tartufs, deux archipatelins,
Deux francs Patte-pelus qui, des frais du voyage,
Croquant mainte volaille, escroquant maint fromage,
S'indemnisaient à qui mieux mieux.
Le chemin était long, et partant ennuyeux,
Pour l'accourcir ils disputèrent.
La dispute est d'un grand secours ;
Sans elle on dormirait toujours.
Nos pèlerins s'égosillèrent.
Ayant bien disputé, l'on parla du prochain.
Le Renard au Chat dit enfin :
Tu prétends être fort habile :
En sais-tu tant que moi ? J'ai cent ruses au sac.
— Non, dit l'autre : je n'ai qu'un tour dans mon bissac,
Mais je soutiens qu'il en vaut mille.
Eux de recommencer la dispute à l'envi,

Sur le que si, que non, tous deux étant ainsi,
Une meute apaisa la noise.
Le Chat dit au Renard :
Fouille en ton sac, ami :
Cherche en ta cervelle matoise
Un stratagème sûr. Pour moi, voici le mien.
À ces mots sur un arbre il grimpa bel et bien.
L'autre fit cent tours inutiles,
Entra dans cent terriers, mit cent fois en défaut
Tous les confrères de Brifaut.
Partout il tenta des asiles,
Et ce fut partout sans succès :
La fumée y pourvut, ainsi que les bassets.
Au sortir d'un Terrier, deux chiens aux pieds agiles
L'étranglèrent du premier bond.
Le trop d'expédients peut gâter une affaire ;
On perd du temps au choix, on tente, on veut tout faire.
N'en ayons qu'un, mais qu'il soit bon.

Jean de La Fontaine,
Fables, Livre neuvième, Fable XIV,
1678-1679 (Livres VII à XI)

L'âne
et le renard

L'ÂNE ET LE RENARD

Que fait un âne au soleil ?
... De l'ombre.

Il y avait, au milieu d'un désert de pierrailles, une forêt, sur laquelle régnait un superbe lion. Un grand chasseur. Mais, à la suite d'un combat qu'il avait dû livrer avec un éléphant, ce lion s'était retrouvé blessé. Comme il ne pouvait plus chasser, il ne mangeait plus, et comme il ne mangeait plus, son état ne faisait que s'aggraver... Ce qui désespérait d'ailleurs tous les autres animaux de la forêt qui habituellement se nourrissaient de ses restes. Tous faisaient donc antichambre devant la tanière du lion, en se disant que, si par malheur il venait à trépasser, ils pourraient tout du moins se repaître de sa carcasse. Le lion, pressentant venir le moment où ces charognards n'hésiteraient même plus à l'achever, se décide enfin à réagir.

Un matin, il fait venir le renard, et lui dit :

— Toi, qui es le plus rusé des animaux, sors de cette forêt, traverse ce désert de pierrailles, et débrouille-toi pour rabattre par ici un de ces êtres stupides qui vivent en compagnie des hommes ; un bœuf, un chameau, un âne... Quand il sera à ma portée, je n'aurai aucune peine à l'abattre. J'en mangerai ma part, crois-moi, vous aurez la vôtre.

— J'écoute et j'obéis, répond le renard.

Et aussitôt, tout efflanqué lui-même qu'il était, il se met en route, quitte la forêt, s'engage dans le désert... Quand, soudain, que voit-il ? Un âne ! Enfin, l'ombre, le vague souvenir d'un âne. L'animal était malingre, les guiboles cagneuses, les dents déchaussées, les yeux hagards, la peau du ventre lui touchait les vertèbres chaque fois qu'il respirait. Bref, c'était un tas d'os, un cadavre sur pattes.

— Ô mon frère, glapit le renard, à te voir mon cœur se rétrécit et la larme me monte à l'œil ! Dis-moi, mais dis-moi donc, quel mauvais sort t'a frappé pour te mettre dans un état pareil et te jeter dans le désert ?

— C'est la volonté d'Allah, béni soit-Il, répond l'âne.

Le renard, voyant qu'il a affaire à un croyant, s'aligne aussitôt.

— *Salam alik*, mon frère ! Tu as dit là les paroles du Prophète ! Mais Allah attend peut-être aussi de toi que tu quittes ce désert pour chercher la part qu'Il te destine !

— La précipitation ne vaut rien, rétorque l'âne. Sache que le désir que tu as de prendre ta part au monde n'a d'égal que le désir qu'a ta part au monde de te rejoindre. Si tu ne vas pas à elle, c'est elle qui viendra à toi...

— Blabla... dit le renard. Si Allah t'a donné des jambes, n'est-ce pas pour marcher ? Si tu veux, je peux t'emmener à deux pas d'ici dans une forêt, un paradis ! Là-bas, rien ne manque à personne, tous nous vivons dans la joie, l'abondance...

— Blabla... fait l'âne à son tour. Si tu vis dans une telle abondance, explique-moi donc pourquoi tu es si maigre ?

L'argument était de taille. Mais le renard ne s'en souciait pas plus que des dents branlantes dans la mâchoire de l'âne, car, mine de rien, tout en discutaillant avec lui, il l'avait fait marcher ! Et voilà qu'ils arrivaient en vue de la forêt...

Halluciné par cette végétation inespérée, ce plateau de verdure, l'âne en perd le sens ! Il claudique droit devant, vers le repaire du lion qui bouillonnait d'impatience. Et, brusquement, n'y tenant plus, le fauve pousse un rugissement effroyable, sort de sa tanière, se rue sur l'âne et le manque ! Oui, l'âne, pris de terreur panique, avait fait subitement volte-face dans un bruit d'os qui craquent, et était parti dans un galop aussi chaotique qu'inattendu pour un tel âne, mais qui lui avait permis néanmoins de disparaître à travers les broussailles. Le renard en reste médusé, et dit au lion :

— Mais comment ?... Comment ?... Comment as-tu pu manquer cet infirme, cet être débile, ce cadeau du ciel ?

— Tu as raison, lui répond le lion. C'est la fièvre, l'émotion de la chasse... Pardonne-moi, je t'en prie. Et ramène-moi cet âne !

— Ramener l'âne ? hoquette le renard. Et comment cela ? Il faudrait un véritable miracle pour que cet âne remette jamais les pieds ici !

— Va, je te dis ! intime le lion. Je te promets que cette fois, je ne le raterai pas.

Le renard découragé se remet toutefois en route, en implorant le ciel :

— *Ya Rabbi !* Mon Dieu ! Je t'en supplie, obscurcis encore un peu l'intelligence de cet âne – si possible –, et donne-moi l'inspiration pour le tromper encore !

Enfin, il aperçoit l'âne caché dans des broussailles, les yeux exorbités, la langue pendante sur le côté, et interpelle :

— Ô mon frère ! Pourquoi t'es-tu sauvé de cette manière désordonnée ?

— Ô maudit ! Ne m'appelle plus frère ! Que t'avais-je fait pour que tu me livres à ce lion, ce satan, ce dragon ?

Le renard éclate de rire :

— Le lion ? Mais ce que tu as vu n'était qu'une illusion, une fantasmagorie ! C'est un sortilège ! Nous l'utilisons pour que la forêt ne soit pas envahie par tous les affamés de la terre. Je voulais t'en avertir, mais tu ne m'en as même pas laissé le temps.

— Comment ? fait l'âne. Un enfant qui aurait vécu ce que je viens de vivre aurait maintenant la sagesse d'un vieillard ! Et tu essaies encore de m'abuser par tes fariboles ?

Cette fois, le renard se met en colère :

— Mais réfléchis, âne bâté ! Si un vrai lion – un lion digne de ce nom – s'était rué sur toi, crois-tu que tu serais encore là à m'insulter ? Mon ami, crois-moi, ne laisse pas le doute t'empêcher de suivre ta route. Et sur ces mots, le renard tourne le dos à l'âne, et s'en va avec panache, la queue toute redressée. L'âne réfléchit rapidement... Mais il avait tellement faim, il était tellement fatigué – il avait tellement aussi envie de croire le renard ! – qu'il se dépêche de le rattraper. Et là, tout en argumentant et en contre-argumentant, sur la foi, l'illusion, et la désillusion, l'âne s'est laissé conduire docilement jusqu'au lion, qui cette fois ne l'a pas manqué.

Puis, sous le regard patient du renard, le lion a dévoré goulûment une bonne partie de la carcasse de l'âne, avant de se sentir pris par une petite soif. Aussi il a demandé au renard de veiller un instant sur son festin, juste le temps pour lui d'aller à la rivière. Mais, à peine était-il parti que le renard se jette sur la carcasse, en arrache le cœur, le foie, et les avale. À son retour, le lion y fourre de nouveau le museau, et flaire aussitôt l'entourloupe ! Il se redresse, et questionne le renard :

— Que sont devenus le foie et le cœur de cet âne ? Il n'est pas de créature au monde qui en soit dépourvue, que je sache !

Alors, le renard a répondu :

— Ô sultan des animaux, permets-moi sur ce point de te contredire. Car, assurément, cet âne ne devait avoir ni cœur ni foie. Sinon, crois-tu qu'il serait revenu ici une seconde fois ?

Qu'on se le dise et qu'on se le répète ! Car si la vie, Dieu nous garde, doit nous en faire passer un jour par un de ces déserts de pierrailles, que chacun retienne bien la fameuse et mystérieuse sentence orientale, qui est devenue aujourd'hui proverbiale :

Si l'âne avait vraiment eu un cœur et un foie,
Y serait-il retourné une seconde fois ?

Jean-Jacques Fdida,
Contes des sages juifs, chrétiens et musulmans, 2006
© Le Seuil

LE LOUP PENDU

Il était une fois un loup qui avait grimpé dans un arbre pour attraper un nid de pie. Et voilà qu'il s'est coincé la patte dans une branche fendue. Le loup pendait ! Tout à coup, il vit arriver un chasseur. Il cria : « Hé ! chasseur je t'en supplie, dépends-moi ! » Le chasseur lui dit : « Je te connais le loup. Je vais t'aider et quand tu seras par terre, tu vas me manger. » Le loup promet qu'il ne fera aucun mal à l'homme. Alors l'homme monte dans l'arbre, il décoince le loup. Les voilà tous les deux par terre et aussitôt le loup regarde l'homme et lui dit : « J'ai faim, tellement faim, je vais te manger. » Le chasseur répond : « Mais tu m'as promis. Attends un peu, tu vois là-bas la chienne qui arrive, on va lui demander son avis. « Hé ! la chienne, le loup était pendu dans l'arbre, je l'ai dépendu et maintenant, alors qu'il m'avait promis de ne pas me manger, il veut me sauter dessus. Tu trouves que c'est juste toi ? » La chienne dit : « Je ne peux pas répondre. Moi, j'ai servi mon maître. Pendant des années et des années j'ai monté la garde et maintenant que je suis vieille, il m'a jetée dans la forêt et je meurs de faim. On a bien raison de dire : on fait le bien et c'est le mal qui vient. Allez le loup, tu peux manger l'homme. » L'homme dit : « Non ! Non ! Attends ! Attends ! Attends ! Tu vois, là-bas, la jument qui arrive, on va lui demander son avis. Hé ! la jument, le loup était pendu dans l'arbre, je l'ai dépendu et maintenant, alors qu'il avait promis de ne pas me manger, il veut me sauter dessus. Tu trouves que c'est juste toi ? » « Ah ! dit la jument, je ne peux pas répondre. J'ai servi mon maître pendant des années. J'ai tiré la charrette, j'ai même porté les enfants sur mon dos. Et quand j'ai été vieille, il m'a jetée dans la forêt et je meurs de faim. On a bien raison de dire : on fait le bien et c'est le mal qui vient. Allez le loup, tu peux manger l'homme. » L'homme dit : « Non ! Non ! Non ! Attends ! Attends ! Je vois arriver un renard, on va lui demander son avis. Hé ! renard, le loup était pendu dans l'arbre, je l'ai dépendu et maintenant qu'il est par terre, alors qu'il avait promis de ne pas me manger, il veut me sauter dessus. Tu trouves que c'est juste toi ? » Le renard dit : « Comment ça ? Le loup était pendu dans l'arbre et tu l'as dépendu. Je ne te crois pas. Ce n'est pas possible qu'un homme dépende un loup. » « Mais si c'est possible, dit le loup. » Le renard dit : « Je ne vous croirai que si je vous vois le faire. Tu es d'accord le loup, tu remontes te coincer dans l'arbre ? » Le loup dit : « D'accord ! » Et le voilà qui remonte dans l'arbre et qui se coince la patte dans la branche fondue. Et quand il est bien là-haut, bien installé, le renard crie : « Tu es bien ? Restes-y. » Le chasseur dit au renard : « Merci, mille mercis, tu m'as sauvé la vie. Écoute, rendez-vous demain à la croisée des chemins, je t'apporterai deux belles poules pour te remercier. » Et le lendemain matin, le renard est au rendez-vous. Il voit arriver l'homme qui porte un gros sac et déjà il se lèche les babines. Quand l'homme est assez près et qu'il ouvre le sac, ce ne sont pas des belles poules qui en sortent, mais deux gros chiens féroces qui se jettent sur le renard et le dévorent. On a bien raison de dire : « On fait le bien et c'est le mal qui vient. »

Jean-François Bladé,
Contes populaires de la Gascogne, 1886

L'homme et la couleuvre

beuh

meuh

L'Homme et la Couleuvre

Un Homme vit une Couleuvre.
       Ah ! méchante, dit-il, je m'en vais faire une
                                                [œuvre
Agréable à tout l'univers.
À ces mots, l'animal pervers
(C'est le serpent que je veux dire
Et non l'homme : on pourrait aisément s'y tromper),
À ces mots, le serpent, se laissant attraper,
Est pris, mis en un sac ; et, ce qui fut le pire,
On résolut sa mort, fût-il coupable ou non.
Afin de le payer toutefois de raison,
L'autre lui fit cette harangue :
Symbole des ingrats ! être bon aux méchants,
C'est être sot, meurs donc : ta colère et tes dents
Ne me nuiront jamais. Le Serpent, en sa langue,
Reprit du mieux qu'il put : S'il fallait condamner
Tous les ingrats qui sont au monde,
À qui pourrait-on pardonner ?

Toi-même tu te fais ton procès. Je me fonde
Sur tes propres leçons ; jette les yeux sur toi.
Mes jours sont en tes mains, tranche-les : ta justice,
C'est ton utilité, ton plaisir, ton caprice ;
Selon ces lois, condamne-moi ;
Mais trouve bon qu'avec franchise
En mourant au moins je te dise
Que le symbole des ingrats
Ce n'est point le serpent, c'est l'homme. Ces paroles
Firent arrêter l'autre ; il recula d'un pas.
Enfin il repartit : Tes raisons sont frivoles :
Je pourrais décider, car ce droit m'appartient ;
Mais rapportons-nous-en. – Soit fait, dit le reptile.
Une Vache était là, l'on l'appelle, elle vient ;
Le cas est proposé ; C'était chose facile :
Fallait-il pour cela, dit-elle, m'appeler ?
La Couleuvre a raison : pourquoi dissimuler ?
Je nourris celui-ci depuis longues années ;
Il n'a sans mes bienfaits passé nulles journées ;
Tout n'est que pour lui seul ; mon lait et mes enfants
Le font à la maison revenir les mains pleines ;
Même j'ai rétabli sa santé, que les ans
Avaient altérée, et mes peines
Ont pour but son plaisir ainsi que son besoin.
Enfin me voilà vieille ; il me laisse en un coin
Sans herbe ; s'il voulait encore me laisser paître !
Mais je suis attachée ; et si j'eusse eu pour maître
Un serpent, eût-il su jamais pousser si loin

L'ingratitude ? Adieu : j'ai dit ce que je pense.
L'homme, tout étonné d'une telle sentence,
Dit au Serpent : Faut-il croire ce qu'elle dit ?
C'est une radoteuse ; elle a perdu l'esprit.
Croyons ce Bœuf. – Croyons, dit la rampante bête.
Ainsi dit, ainsi fait. Le bœuf vient à pas lents.
Quand il eut ruminé tout le cas en sa tête,
Il dit que du labeur des ans
Pour nous seuls il portait les soins les plus pesants,
Parcourant sans cesser ce long cercle de peines
Qui, revenant sur soi, ramenait dans nos plaines
Ce que Cérès nous donne, et vend aux animaux ;
Que cette suite de travaux
Pour récompense avait, de tous tant que nous sommes,
Force coups, peu de gré ; puis, quand il était vieux,
On croyait l'honorer chaque fois que les hommes
Achetaient de son sang l'indulgence des Dieux.
Ainsi parla le Bœuf. L'homme dit : Faisons taire
Cet ennuyeux déclamateur ;
Il cherche de grands mots, et vient ici se faire,
Au lieu d'arbitre, accusateur.
Je le récuse aussi. L'arbre étant pris pour juge,
Ce fut bien pis encore. Il servait de refuge
Contre le chaud, la pluie, et la fureur des vents ;
Pour nous seuls il ornait les jardins et les champs.
L'ombrage n'était pas le seul bien qu'il sût faire ;
Il courbait sous les fruits. Cependant pour salaire
Un rustre l'abattait, c'était là son loyer,

Quoique pendant tout l'an libéral il nous donne
Ou des fleurs au Printemps, ou du fruit en Automne,
L'ombre l'Été, l'Hiver les plaisirs du foyer.
Que ne l'émondait-on, sans prendre la cognée ?
De son tempérament il eût encor vécu.
L'Homme, trouvant mauvais que l'on l'eût convaincu,
Voulut à toute force avoir cause gagnée.
Je suis bien bon, dit-il, d'écouter ces gens-là !
Du sac et du serpent aussitôt il donna
Contre les murs, tant qu'il tua la bête.
On en use ainsi chez les grands :
La raison les offense ; ils se mettent en tête
Que tout est né pour eux, quadrupèdes, et gens,
Et serpents.
Si quelqu'un desserre les dents,
C'est un sot. – J'en conviens. Mais que faut-il donc
[faire ?
— Parler de loin, ou bien se taire.

Jean de La Fontaine,
Fables, Livre dixième, Fable I,
1678-1679 (Livres VII à XI)

Cheval dans une île

Celui-là c'est le cheval qui vit tout seul quelque part très loin dans une île.

Il mange un peu d'herbe ; derrière lui, il y a un bateau ; c'est le bateau sur lequel le cheval est venu, c'est le bateau sur lequel il va repartir.

Ce n'est pas un cheval solitaire, il aime beaucoup la compagnie des autres chevaux ; tout seul, il s'ennuie, il voudrait faire quelque chose, être utile aux autres. Il continue à manger de l'herbe et pendant qu'il mange, il pense à son grand projet. Son grand projet c'est de retourner chez les chevaux pour leur dire :

— Il faut que cela change.

Et les chevaux demanderont :

— Qu'est-ce qui doit changer ?

Et lui, il répondra :

— C'est notre vie qui doit changer, elle est trop misérable, nous sommes trop malheureux, cela ne peut pas durer.

Mais les plus gros chevaux, les mieux nourris, ceux qui traînent les corbillards des grands de ce monde, les carrosses des rois et qui portent sur la tête un grand chapeau de paille de riz, voudront l'empêcher de parler et lui diront :

— De quoi te plains-tu, cheval, n'es-tu pas la plus noble conquête de l'homme ?

Et ils se moqueront de lui.

Alors tous les autres chevaux, les pauvres traîneurs de camion n'oseront pas donner leur avis.

Mais lui, le cheval qui réfléchit dans l'île, il élèvera la voix :

— S'il est vrai que je suis la plus noble conquête de l'homme, je ne veux pas être en reste avec lui.

« L'homme nous a comblés de cadeaux, mais l'homme a été trop généreux avec nous, l'homme nous a donné le fouet, l'homme nous a donné la cravache, les éperons, les œillères, les brancards, il nous a mis du fer dans la bouche et du fer sous les pieds, c'était froid, mais il nous a marqués au fer rouge pour nous réchauffer...

« Pour moi, c'est fini, il peut reprendre ses bijoux, qu'en pensez-vous ? Et pourquoi a-t-il écrit sérieusement et en grosses lettres sur les murs... sur les murs de ses écuries, sur les murs de ses casernes de cavalerie, sur les murs de ses abattoirs, de ses hippodromes et de ses boucheries

hippophagiques[1] : "Soyez bons pour les Animaux" ?
Avouez tout de même que c'est se moquer du monde
des chevaux !

« Alors, tous les autres pauvres chevaux commenceront à comprendre et tous ensemble ils s'en iront trouver les hommes et ils leur parleront très fort. »

Les chevaux :

Messieurs, nous voulons bien traîner vos voitures, vos charrues, faire vos courses et tout le travail, mais reconnaissons que c'est un service que nous vous rendons : il faut nous en rendre aussi. Souvent, vous nous mangez quand nous sommes morts, il n'y a rien à dire là-dessus, si vous aimez ça ; c'est comme pour le petit déjeuner du matin, il y en a qui prennent de l'avoine au café au lit, d'autres de l'avoine au chocolat, chacun ses goûts, mais souvent aussi, vous nous frappez : cela ne doit plus se reproduire.

De plus, nous voulons de l'avoine tous les jours ; de l'eau fraîche tous les jours et puis des vacances et qu'on nous respecte, nous sommes des chevaux, on n'est pas des bœufs.

1. Note pour les chevaux pas instruits : Hippophage : celui qui mange le cheval.

Premier qui nous tape dessus, on le mord.

Deuxième qui nous tape dessus on le tue. Voilà.

Et les hommes comprendront qu'ils ont été un peu fort, ils deviendront plus raisonnables.

Il rit, le cheval, en pensant à toutes les choses qui arriveront sûrement un jour.

Il a envie de chanter, mais il est tout seul, et il n'aime que chanter en chœur ; alors il crie tout de même : « Vive la liberté ! »

Dans d'autres îles, d'autres chevaux l'entendent et ils crient à leur tour de toutes leurs forces : « Vive la liberté ! »

Tous les hommes des îles et ceux du continent entendent des cris et se demandent ce que c'est, puis ils se rassurent et disent en haussant les épaules : « Ce n'est rien, c'est des chevaux. »

Mais ils ne se doutent pas de ce que les chevaux leur préparent.

Jacques Prévert,
Histoires, 1963
© Éditions Gallimard

Le loup

et le chien

LE LOUP ET LE CHIEN

U n Loup n'avait que les os et la peau ;
Tant les Chiens faisaient bonne garde.
Ce Loup rencontre un Dogue aussi puissant
[que beau,
Gras, poli, qui s'était fourvoyé par mégarde.
L'attaquer, le mettre en quartiers,
Sire Loup l'eût fait volontiers.
Mais il fallait livrer bataille,
Et le Mâtin était de taille
À se défendre hardiment.
Le Loup donc l'aborde humblement,
Entre en propos, et lui fait compliment
Sur son embonpoint, qu'il admire.
Il ne tiendra qu'à vous beau Sire,
D'être aussi gras que moi, lui repartit le Chien.
Quittez les bois, vous ferez bien :
Vos pareils y sont misérables,

Cancres, haires, et pauvres diables,
Dont la condition est de mourir de faim.
Car quoi ? Rien d'assuré : point de franche lippée :
Tout à la pointe de l'épée.
Suivez-moi : vous aurez un bien meilleur destin.
Le Loup reprit : Que me faudra-t-il faire ?
— Presque rien, dit le Chien, donner la chasse aux
[gens
Portants bâtons, et mendiants ;
Flatter ceux du logis, à son Maître complaire :
Moyennant quoi votre salaire
Sera force reliefs de toutes les façons :
Os de poulets, os de pigeons :
Sans parler de mainte caresse.
Le Loup déjà se forge une félicité
Qui le fait pleurer de tendresse.
Chemin faisant, il vit le col du Chien pelé.
Qu'est-ce là ? lui dit-il. – Rien. – Quoi ? rien ? – Peu
de chose.
— Mais encor ? – Le collier dont je suis attaché
De ce que vous voyez est peut-être la cause.
— Attaché ? dit le Loup : vous ne courez donc pas
Où vous voulez ? – Pas toujours, mais qu'importe ?
— Il importe si bien, que de tous vos repas
Je ne veux en aucune sorte,

Et ne voudrais pas même à ce prix un trésor. »
Cela dit, maître Loup s'enfuit, et court encor.

Jean de La Fontaine,
Fables, Livre premier, Fable V,
1668-1678 (Livres I à VI)

La chèvre
de M. Seguin

La chèvre de M. Seguin

Tu seras bien toujours le même, mon pauvre Gringoire !

Comment ! on t'offre une place de chroniqueur dans un bon journal de Paris, et tu as l'aplomb de refuser... Mais regarde-toi, malheureux garçon ! Regarde ce pourpoint troué, ces chausses en déroute, cette face maigre qui crie la faim. Voilà pourtant où t'a conduit la passion des belles rimes ! Voilà ce que t'ont valu dix ans de loyaux services dans les pages du sire Apollo... Est-ce que tu n'as pas honte, à la fin ?

Fais-toi donc chroniqueur, imbécile ! Fais-toi chroniqueur ! Tu gagneras de beaux écus à la rose, tu auras ton couvert chez Brébant, et tu pourras te montrer les jours de première avec une plume neuve à ta barrette...

Non ? Tu ne veux pas ? Tu prétends rester libre à ta guise jusqu'au bout... Eh bien, écoute un peu l'histoire de *La Chèvre de M. Seguin*. Tu verras ce que l'on gagne à vouloir vivre libre.

M. Seguin n'avait jamais eu de bonheur avec ses chèvres.

Il les perdait toutes de la même façon ; un beau matin, elles cassaient leur corde, s'en allaient dans la montagne, et là-haut le loup les mangeait. Ni les caresses de leur maître, ni la peur du loup, rien ne les retenait. C'était, paraît-il, des chèvres indépendantes, voulant à tout prix le grand air et la liberté.

Le brave M. Seguin, qui ne comprenait rien au caractère de ses bêtes, était consterné. Il disait : « C'est fini ; les chèvres s'ennuient chez moi, je n'en garderai pas une. »

Cependant, il ne se découragea pas, et, après avoir perdu six chèvres de la même manière, il en acheta une septième ; seulement, cette fois, il eut soin de la prendre toute jeune, pour qu'elle s'habituât mieux à demeurer chez lui.

Ah ! Gringoire, qu'elle était jolie la petite chèvre de M. Seguin ! qu'elle était jolie avec ses yeux doux, sa barbiche de sous-officier, ses sabots noirs et luisants, ses cornes zébrées et ses longs poils blancs qui lui faisaient une houppelande ! C'était presque aussi charmant que le cabri d'Esméralda – tu te rappelles, Gringoire ? – et puis, docile, caressante, se laissant traire sans bouger, sans mettre son pied dans l'écuelle. Un amour de petite chèvre...

M. Seguin avait derrière sa maison un clos entouré d'aubépines. C'est là qu'il mit la nouvelle pensionnaire. Il l'attacha à un pieu, au plus bel endroit du pré, en ayant soin de lui laisser beaucoup de corde, et de temps en temps, il venait voir si elle était bien. La chèvre se trouvait très heureuse et broutait l'herbe de si bon cœur que M. Seguin était ravi.

« Enfin, pensait le pauvre homme, en voilà une qui ne s'ennuiera pas chez moi ! »

M. Seguin se trompait, sa chèvre s'ennuya.

Un jour, elle se dit en regardant la montagne :
« Comme on doit être bien là-haut ! Quel plaisir de gambader dans la bruyère, sans cette maudite longe qui vous écorche le cou !... C'est bon pour l'âne ou le bœuf de brouter dans un clos !... Les chèvres, il leur faut du large. »

À partir de ce moment, l'herbe du clos lui parut fade. L'ennui lui vint. Elle maigrit, son lait se fit rare. C'était pitié de la voir tirer tout le jour sur sa longe, la tête tournée du côté de la montagne, la narine ouverte, en faisant Mê !... tristement.

M. Seguin s'apercevait bien que sa chèvre avait quelque chose, mais il ne savait pas ce que c'était... Un matin, comme il achevait de la traire, la chèvre se retourna et lui dit dans son patois : « Écoutez, monsieur Seguin, je me languis chez vous, laissez-moi aller dans la montagne. » « Ah ! mon Dieu !... Elle aussi ! » cria M. Seguin stupéfait, et du coup il laissa tomber son écuelle ; puis, s'asseyant dans l'herbe à côté de sa chèvre :

« Comment, Blanquette, tu veux me quitter ! »

Et Blanquette répondit : « Oui, monsieur Seguin.

— Est-ce que l'herbe te manque ici ?

— Oh ! non, monsieur Seguin.

— Tu es peut-être attachée de trop court, veux-tu que j'allonge la corde ?

— Ce n'est pas la peine, monsieur Seguin.

— Alors, qu'est-ce qu'il te faut ? qu'est-ce que tu veux ?

— Je veux aller dans la montagne, monsieur Seguin.

— Mais, malheureuse, tu ne sais pas qu'il y a le loup dans la montagne... Que feras-tu quand il viendra ?...

— Je lui donnerai des coups de cornes, monsieur Seguin.

— Le loup se moque bien de tes cornes. Il m'a mangé des biques autrement encornées que toi... Tu sais bien, la pauvre vieille Renaude qui était ici l'an dernier ? une maîtresse chèvre, forte et méchante comme un bouc. Elle s'est battue avec le loup toute la nuit... puis, le matin, le loup l'a mangée.

— Pécaïre ! Pauvre Renaude !... Ça ne fait rien, monsieur Seguin, laissez-moi aller dans la montagne.

— Bonté divine !... dit M. Seguin ; mais qu'est-ce qu'on leur fait donc à mes chèvres ? Encore une que le loup va me manger... Eh bien, non... je te sauverai malgré toi, coquine ! et de peur que tu ne rompes ta corde, je vais t'enfermer dans l'étable et tu y resteras toujours. »

Là-dessus, M. Seguin emporta la chèvre dans une étable toute noire, dont il ferma la porte à double tour. Malheureusement, il avait oublié la fenêtre et à peine eut-il le dos tourné, que la petite s'en alla...

Tu ris, Gringoire ? Parbleu ! je crois bien ; tu es du parti des chèvres, toi, contre ce bon M. Seguin... Nous allons voir si tu riras tout à l'heure.

Quand la chèvre blanche arriva dans la montagne, ce fut un ravissement général. Jamais les vieux sapins n'avaient rien vu d'aussi joli. On la reçut comme une petite reine. Les châtaigniers se baissaient jusqu'à terre pour la caresser du bout de leurs branches. Les genêts d'or s'ouvraient sur son passage, et sentaient bon tant qu'ils pouvaient. Toute la montagne lui fit fête.

Tu penses, Gringoire, si notre chèvre était heureuse ! Plus de corde, plus de pieu... rien qui l'empêchât de gambader, de brouter à sa guise... C'est là qu'il y en avait de l'herbe ! jusque par-dessus les cornes, mon cher !... Et quelle herbe ! Savoureuse, fine, dentelée, faite de mille plantes... C'était bien autre chose que le gazon du clos. Et les fleurs donc !... De grandes campanules bleues, des digitales de pourpre à longs calices, toute une forêt de fleurs sauvages débordant de sucs capiteux !...

La chèvre blanche, à moitié saoule, se vautrait là-dedans les jambes en l'air et roulait le long des talus, pêle-mêle avec les feuilles tombées et les châtaignes... Puis, tout à coup, elle se redressait d'un bond sur ses pattes. Hop ! la voilà partie, la tête en avant, à travers les maquis et les buissières, tantôt sur un pic, tantôt au fond d'un ravin, là-haut, en bas, partout... On aurait dit qu'il y avait dix chèvres de M. Seguin dans la montagne.

C'est qu'elle n'avait peur de rien, la Blanquette. Elle franchissait d'un saut de grands torrents qui l'éclaboussaient au passage de poussière humide et d'écume. Alors, toute ruisselante, elle allait s'étendre sur quelque roche plate et se faisait sécher par le soleil... Une fois, s'avançant au bord d'un plateau, une fleur de cytise aux dents, elle aperçut en bas, tout en bas dans la plaine, la maison de M. Seguin avec le clos derrière. Cela la fit rire aux larmes.

« Que c'est petit ! dit-elle ; comment ai-je pu tenir là-dedans ? »

Pauvrette ! de se voir si haut perchée, elle se croyait au moins aussi grande que le monde...

En somme, ce fut une bonne journée pour la chèvre de M. Seguin. Vers le milieu du jour, en courant de droite et de gauche, elle tomba dans une troupe de chamois en train de croquer une lambrusque à belles dents. Notre petite coureuse en robe blanche fit sensation. On lui donna la meilleure place à la lambrusque, et tous ces messieurs furent très galants... Il paraît même, – ceci doit rester entre nous, Gringoire – qu'un jeune chamois à pelage noir eut la bonne fortune de plaire à Blanquette. Les deux amoureux s'égarèrent parmi le bois une heure ou deux, et si tu veux savoir ce qu'ils se dirent, va le demander aux sources bavardes qui courent invisibles dans la mousse.

Tout à coup le vent fraîchit. La montagne devint violette ; c'était le soir...

« Déjà ! » dit la petite chèvre ; et elle s'arrêta fort étonnée.

En bas, les champs étaient noyés de brume. Le clos de M. Seguin disparaissait dans le brouillard, et de la maisonnette on ne voyait plus que le toit avec un peu de fumée. Elle écouta les clochettes d'un troupeau qu'on ramenait, et se sentit l'âme toute triste... Un gerfaut, qui rentrait, la frôla de ses ailes en passant. Elle tressaillit... puis ce fut un hurlement dans la montagne :

« Hou ! hou ! »

Elle pensa au loup ; de tout le jour la folle n'y avait pas pensé... Au même moment une trompe

sonna bien loin dans la vallée. C'était ce bon
M. Seguin qui tentait un dernier effort.

« Hou ! hou !... faisait le loup.

— Reviens ! reviens !... » criait la trompe.

Blanquette eut envie de revenir ; mais en se rappelant le pieu, la corde, la haie du clos, elle pensa
que maintenant elle ne pouvait plus se faire à cette
vie, et qu'il valait mieux rester.

La trompe ne sonnait plus...

La chèvre entendit derrière elle un bruit de
feuilles. Elle se retourna et vit dans l'ombre deux
oreilles courtes, toutes droites, avec deux yeux qui
reluisaient... C'était le loup.

Énorme, immobile, assis sur son train de derrière,
il était là regardant la petite chèvre blanche et la
dégustant par avance. Comme il savait bien qu'il la
mangerait, le loup ne se pressait pas ; seulement,
quand elle se retourna, il se mit à rire méchamment.

« Ha ! ha ! la petite chèvre de M. Seguin ! » ; et il
passa sa grosse langue rouge sur ses babines
d'amadou.

Blanquette se sentit perdue... Un moment, en se
rappelant l'histoire de la vieille Renaude, qui s'était
battue toute la nuit pour être mangée le matin, elle
se dit qu'il vaudrait peut-être mieux se laisser manger tout de suite ; puis, s'étant ravisée, elle tomba en
garde, la tête basse et la corne en avant, comme une
brave chèvre de M. Seguin qu'elle était... Non pas

qu'elle eût l'espoir de tuer le loup – les chèvres ne tuent pas le loup – mais seulement pour voir si elle pourrait tenir aussi longtemps que la Renaude...

Alors le monstre s'avança, et les petites cornes entrèrent en danse.

Ah ! la brave petite chevrette, comme elle y allait de bon cœur ! Plus de dix fois, je ne mens pas, Gringoire, elle força le loup à reculer pour reprendre haleine. Pendant ces trêves d'une minute, la gourmande cueillait en hâte encore un brin de sa chère herbe ; puis elle retournait au combat, la bouche pleine... Cela dura toute la nuit. De temps en temps la chèvre de M. Seguin regardait les étoiles danser dans le ciel clair, et elle se disait :

« Oh ! pourvu que je tienne jusqu'à l'aube... »

L'une après l'autre, les étoiles s'éteignirent. Blanquette redoubla de coups de cornes, le loup de coups de dents... Une lueur pâle parut dans l'horizon... Le chant du coq enroué monta d'une métairie.

« Enfin ! » dit la pauvre bête, qui n'attendait plus que le jour pour mourir ; et elle s'allongea par terre dans sa belle fourrure blanche toute tachée de sang...

Alors le loup se jeta sur la petite chèvre et la mangea.

Adieu, Gringoire !

L'histoire que tu as entendue n'est pas un conte de mon invention. Si jamais tu viens en Provence, nos ménagers te parleront souvent de la *cabro de moussu Seguin, que se battégue tonto la neui emé lou loup, e piei lou matin lou loup la mangé*[1].

Tu m'entends bien, Gringoire :

E piei lou matin lou loup la mangé.

Alphonse Daudet,
Lettres de mon moulin, 1869

1. La chèvre de M. Seguin, qui se battit toute la nuit avec le loup, et puis, le matin, le loup la mangea.

Le cerf

et

le chien

LE CERF ET LE CHIEN

Delphine caressait le chat de la maison et Marinette chantait une petite chanson à un poussin jaune qu'elle tenait sur les genoux.

— Tiens, dit le poussin en regardant du côté de la route, voilà un bœuf.

Levant la tête, Marinette vit un cerf qui galopait à travers prés en direction de la ferme. C'était une bête de grande taille portant une ramure compliquée. Il fit un bond par-dessus le fossé qui bordait la route, et, débouchant dans la cour, s'arrêta devant les deux petites. Ses flancs haletaient, ses pattes frêles tremblaient et il était si essoufflé qu'il ne put parler d'abord. Il regardait Delphine et Marinette avec des yeux doux et humides. Enfin, il fléchit les genoux et leur demanda d'une voix suppliante :

— Cachez-moi. Les chiens sont sur ma trace. Ils veulent me manger. Défendez-moi.

Les petites le prirent par le cou, appuyant leurs têtes contre la sienne, mais le chat se mit à leur fouetter les jambes avec sa queue et à gronder :

— C'est bien le moment de s'embrasser ! Quand les chiens seront sur lui, il en sera bien plus gras ! J'entends déjà aboyer à la lisière du bois. Allons, ouvrez-lui plutôt la porte de la maison et conduisez-le dans votre chambre.

Tout en parlant, il n'arrêtait pas de faire marcher sa queue et de leur en donner par les jambes aussi fort qu'il pouvait. Les petites comprirent qu'elles n'avaient que trop perdu de temps. Delphine courut ouvrir la porte de la maison et Marinette, précédant le cerf, galopa jusqu'à la chambre qu'elle partageait avec sa sœur.

— Tenez, dit-elle, reposez-vous et ne craignez rien. Voulez-vous que j'étende une couverture par terre ?

— Oh ! non, dit le cerf, ce n'est pas la peine. Vous êtes trop bonne.

— Comme vous devez avoir soif ! Je vous mets de l'eau dans la cuvette. Elle est très fraîche. On l'a tirée au puits tout à l'heure. Mais j'entends le chat qui m'appelle. Je vous laisse. À bientôt.

— Merci, dit le cerf. Je n'oublierai jamais.

Lorsque Marinette fut dans la cour et la porte de la maison bien fermée, le chat dit aux deux petites :

— Surtout n'ayons l'air de rien. Asseyez-vous comme vous étiez tout à l'heure et occupez-vous du poussin et caressez-moi.

Marinette reprit le poussin sur ses genoux, mais il ne tenait pas en place et sautillait en piaillant :

— Qu'est-ce que ça veut dire ? Moi, je n'y comprends rien. Je voudrais bien savoir pourquoi on a fait entrer un bœuf dans la maison ?

— Ce n'est pas un bœuf, c'est un cerf.

— Un cerf ? Ah ! c'est un cerf ?... Tiens, tiens, un cerf...

Marinette lui chanta *Su l'pont de Nantes* et, comme elle le berçait, il s'endormit tout d'un coup dans son tablier. Le chat lui-même ronronnait sous les caresses de Delphine et faisait le gros dos. Par le même chemin qu'avait pris le cerf, les petites virent accourir un chien de chasse, aux longues oreilles pendantes. Toujours courant, il traversa la route et ne ralentit son allure qu'au milieu de la cour afin de flairer le sol. Il arriva ainsi devant les deux petites et leur demanda brusquement :

— Le cerf est passé par ici. Où est-il allé ?

— Le cerf ? firent les petites. Quel cerf ?

Le chien les regarda l'une après l'autre, et les voyant rougir, se remit à flairer le sol. Il n'hésita presque pas et s'en fut tout droit à la porte. En passant, il bouscula Marinette sans même y prendre garde. Le poussin, qui continuait à dormir, en vacilla dans son tablier. Il ouvrit un œil, battit des ailerons et, sans avoir compris ce qui venait de se passer, se rendormit dans son duvet. Cependant, le chien promenait son nez sur le seuil de la porte.

— Je sens ici une odeur de cerf, dit-il en se tournant vers les petites.

Elles firent semblant de ne pas entendre. Alors, il se mit à crier :

— Je dis que je sens ici une odeur de cerf !

Feignant d'être réveillé en sursaut, le chat se dressa sur ses pattes, regarda le chien d'un air étonné et lui dit :

— Qu'est-ce que vous faites ici ? En voilà des façons de venir renifler à la porte des gens ! Faites-moi donc le plaisir de décamper.

Les petites s'étaient levées et s'approchaient du chien en baissant la tête. Marinette avait pris le poussin dans ses deux mains et lui, d'être ainsi ballotté, finit par se réveiller pour de bon. Il tendait le cou de côté et d'autre, essayant de voir par-dessus les deux mains, et ne comprenait pas bien où il était. Le chien regarda sévèrement les petites et leur dit en montrant le chat :

— Vous avez entendu de quel ton il me parle ? Je devrais lui casser les reins, mais à cause de vous, je veux bien n'en rien faire. En retour, vous allez me dire toute la vérité. Allons, avouez-le. Tout à l'heure, vous avez vu arriver un cerf dans la cour. Vous en avez eu pitié et vous l'avez fait entrer dans la maison.

— Je vous assure, dit Marinette d'une voix un peu hésitante, il n'y a pas de cerf dans la maison.

Elle avait à peine fini de parler que le poussin, se haussant sur ses pattes et penché par-dessus sa main comme à un balcon, s'égosillait à crier :

— Mais si ! voyons ! mais si ! La petite ne se rappelle pas, mais moi je me rappelle très bien ! Elle a fait entrer un cerf dans la maison, oui, oui, un cerf ! une grande bête avec plusieurs cornes. Ah ! ah ! heureusement que j'ai de la mémoire, moi !

Et il se rengorgeait en faisant mousser son duvet. Le chat aurait voulu pouvoir le manger.

— J'en étais sûr, dit le chien aux deux petites. Mon flair ne me trompe jamais. Quand je disais que le cerf se trouvait dans la maison, c'était pour moi comme si je le voyais. Allons, soyez raisonnables et faites-le sortir. Songez que cette bête ne vous appartient pas. Si mon maître apprenait ce qui s'est passé, il viendrait sûrement trouver vos parents. Ne vous entêtez pas.

Les petites ne bougeaient pas. Elles commencèrent par renifler, puis, les larmes venant dans les yeux, elles se mirent à sangloter. Alors, le chien parut tout ennuyé. Il les regardait pleurer et, baissant la tête, fixait ses pattes d'un air pensif. À la fin, il toucha le mollet de Delphine avec son nez et dit en soupirant :

— C'est drôle, je ne peux pas voir pleurer des petites. Écoutez, je ne veux pas être méchant. Après tout, le cerf ne m'a rien fait. D'un autre côté, bien sûr, le gibier est le gibier et je devrais faire mon métier. Mais, pour une fois... Tenez, je veux bien ne m'être aperçu de rien.

Delphine et Marinette, toutes souriantes déjà, s'apprêtaient à le remercier, mais il se déroba et, l'oreille tendue à des aboiements qui semblaient venir de la lisière du bois, dit en hochant la tête :

— Ne vous réjouissez pas. J'ai bien peur que vos larmes aient été inutiles et qu'il ne vous faille en verser d'autres tout à l'heure. J'entends aboyer mes compagnons de meute. Ils auront bien sûr retrouvé la trace du cerf et vous n'allez pas tarder à les voir apparaître. Que leur direz-vous ? Il ne faut pas compter les attendrir. J'aime autant vous prévenir, ils ne connaissent que le service. Tant que vous n'aurez pas lâché le cerf, ils ne quitteront pas la maison.

— Naturellement qu'il faut lâcher le cerf ! s'écria le poussin en se penchant à son balcon.

— Tais-toi, lui dit Marinette dont les larmes recommençaient à couler.

Tandis que les petites pleuraient, le chat remuait sa queue pour mieux réfléchir. On le regardait avec anxiété.

— Allons, ne pleurez plus, ordonna-t-il, nous allons recevoir la meute. Delphine, va au puits tirer un seau d'eau fraîche que tu poseras à l'entrée de la cour. Toi, Marinette, va-t'en au jardin avec le chien. Je vous rejoins. Mais d'abord, débarrasse-toi du poussin. Mets-le sous cette corbeille, tiens.

Marinette posa le poussin par terre et renversa sur lui la corbeille, en sorte qu'il se trouva prisonnier sans avoir eu le temps de protester. Delphine tira un seau d'eau et le porta jusqu'à l'entrée de la cour. Tandis que ses compagnons étaient au jardin, elle vit poindre la meute annoncée par ses aboiements. Bientôt elle put compter les chiens qui la composaient. Ils étaient huit d'une même taille et d'une même couleur avec de grandes oreilles pendantes. Delphine s'inquiétait d'être seule pour les accueillir. Enfin, le chat sortit du jardin, précédant Marinette qui portait un énorme bouquet de roses, de jasmin, de lilas, d'œillets. Il était temps. Les chiens arrivaient sur la route. Le chat s'avança à leur rencontre et leur dit aimablement :

— Vous venez pour le cerf ! Il est passé par ici il y a un quart d'heure.

— Veux-tu dire qu'il est reparti ? demanda un chien d'un air méfiant.

— Oui, il est entré dans la cour et il en est ressorti aussitôt. Il y avait déjà un chien sur sa trace, un chien pareil à vous et qui s'appelle Pataud.

— Ah ! oui... Pataud... en effet.

— Je vais vous dire exactement la direction qu'a prise le cerf.

— Inutile, grogna un chien, nous saurons bien retrouver sa trace.

Marinette s'avança tout contre la meute et interrogea :

— Lequel d'entre vous s'appelle Ravageur ? Pataud m'a donné une commission pour lui. Il m'avait bien dit : « Vous le reconnaîtrez facilement, c'est le plus beau de tous... »

Ravageur fit une courbette et sa queue frétilla.

— Ma foi, poursuivit Marinette, j'hésitais à vous reconnaître. Vos compagnons sont si beaux ! Vraiment, on n'a jamais vu d'aussi beaux chiens...

— Ils sont bien beaux, appuya Delphine. On ne se lasserait pas de les admirer.

La meute fit entendre un murmure de satisfaction et toutes les queues se mirent à frétiller.

— Pataud m'a donc chargée de vous offrir à boire. Il paraît que ce matin, vous étiez un peu fiévreux et il a pensé qu'après une si longue course vous aviez besoin de vous rafraîchir. Tenez, voilà un seau d'eau qui sort du puits... Si vos compagnons veulent en profiter aussi...

— Ce n'est pas de refus, firent les chiens.

La meute se pressa autour du seau et il y eut même un peu de désordre. Cependant, les petites leur faisaient compliment de leur beauté et de leur élégance.

— Vous êtes si beaux, dit Marinette, que je veux vous faire un cadeau de mes fleurs. Jamais chiens ne les auront mieux méritées.

Pendant qu'ils buvaient, les petites qui s'étaient partagé le bouquet, se hâtaient de passer des fleurs dans leurs colliers. En un moment, chacun d'eux fut pourvu d'une collerette bien fournie, la rose alternant avec l'œillet, le lilas avec le jasmin. Ils prenaient plaisir à s'admirer les uns les autres.

— Ravageur, encore un jasmin... le jasmin vous va si bien ! mais dites-moi, peut-être avez-vous encore soif ?

— Non, merci, vous êtes trop aimable. Il nous faut rattraper notre cerf...

Pourtant, les chiens ne se pressaient pas de partir. Ils tournaient en rond d'un air inquiet, sans pouvoir se décider à prendre une direction. Ravageur avait beau promener son museau sur le sol, il ne retrouvait pas la trace du cerf. Le parfum de l'œillet, du jasmin, de la rose et du lilas, qui lui venait à pleines narines, lui masquait en même temps l'odeur de la bête. Et ses compagnons, pareillement engoncés dans leurs collerettes de fleurs et de parfums, reniflaient en vain. Ravageur finit par s'adresser au chat :

— Voudrais-tu nous indiquer la direction qu'a prise le cerf ?

— Volontiers, répondit le chat. Il est parti de ce côté-là et il est entré dans la forêt à l'endroit où elle fait une pointe sur la campagne.

Ravageur dit adieu aux petites et la meute fleurie s'éloigna au galop. Quand elle eut disparu dans les bois, le chien Pataud sortit du jardin où il était resté caché et demanda qu'on fît venir le cerf.

— Puisque j'ai tant fait que de me joindre au complot, dit-il, je veux encore lui donner un avis.

Marinette fit sortir le cerf de la maison. Il apprit en tremblant à quels dangers il venait d'échapper.

— Vous voilà sauvé pour aujourd'hui, lui dit le chien après qu'il eut remercié son monde, mais demain ? Je ne veux pas vous effrayer, mais pensez aux chiens, aux chasseurs, aux fusils. Croyez-vous que mon maître vous pardonnera de lui avoir échappé ? Un jour ou l'autre, il lancera la meute à votre poursuite. Moi-même il me faudra vous traquer et j'en serai bien malheureux. Si vous étiez sage, vous renonceriez à courir par les bois.

— Quitter les bois ! s'écria le cerf. Je m'ennuierais trop. Et puis, où aller ? Je ne peux pas rester dans la plaine à la vue des passants.

— Pourquoi pas ? C'est à vous d'y réfléchir. En tout cas, pour l'instant, vous y êtes plus en sécurité que dans la forêt. Si vous m'en croyez, vous resterez par ici jusqu'à la nuit tombée. J'aperçois là-bas, en bordure de la rivière, des buissons qui vous feraient une bonne cachette. Et maintenant, adieu, et puissé-je ne jamais vous rencontrer dans nos bois. Adieu les petites, adieu le chat, et bien sûr notre ami.

Peu après le départ du chien, le cerf à son tour faisait ses adieux et gagnait les buissons de la rivière. Plusieurs fois, il se retourna pour faire signe aux petites qui agitaient leurs mouchoirs. Lorsqu'il fut à l'abri, Marinette songea enfin au poussin qu'elle avait oublié sous la corbeille. Croyant la nuit tombée, il s'était endormi.

En rentrant de la foire où ils s'étaient rendus depuis le matin dans l'intention d'acheter un bœuf, les parents se montrèrent de mauvaise humeur. Ils n'avaient pas pu acheter de bœuf, tout étant hors de prix.

— C'est malheureux, rageaient-ils, avoir perdu toute une journée pour ne rien trouver. Avec quoi allons-nous travailler ?

— Il y a tout de même un bœuf à l'écurie ! firent observer les petites.

— Bel attelage ! Comme si un bœuf pouvait suffire ! Vous feriez mieux de vous taire. Et puis on dirait qu'il s'est passé ici de bien drôles de choses en notre absence. Pourquoi ce seau est-il à l'entrée de la cour ?

— C'est moi qui ai fait boire le veau tout à l'heure, dit Delphine, et j'aurai oublié de remettre le seau en place.

— Hum ! Et cette fleur de jasmin et cet œillet qui traînent là par terre ?

— Un œillet ? firent les petites. Tiens, c'est vrai...

Mais sous le regard des parents, elles ne purent pas s'empêcher de rougir. Alors, saisis d'un terrible soupçon, ils coururent au jardin.

— Toutes les fleurs coupées ! Le jardin dévalisé ! Les roses ! Les jasmins, les œillets, les lilas ! Petites malheureuses, pourquoi avez-vous cueilli nos fleurs ?

— Je ne sais pas, balbutia Delphine, nous n'avons rien vu.

— Ah ! vous n'avez rien vu ? Ah ! Vraiment ?

Voyant les parents qui se préparaient à tirer les oreilles de leurs filles, le chat sauta sur la plus basse branche d'un pommier et leur dit sous le nez :

— Ne vous emportez pas si vite. Je ne suis pas bien surpris que les petites n'aient rien vu. À midi, pendant qu'elles déjeunaient, je me chauffais sur le rebord de la fenêtre et j'ai aperçu un vagabond qui lorgnait le jardin depuis la route. Je me suis endormi sans y prendre garde autrement. Et un moment plus tard, comme j'ouvrais un œil, j'ai vu mon homme s'éloigner sur la route en tenant quelque chose à pleins bras.

— Fainéant, ne devais-tu pas courir après lui ?

— Et qu'aurais-je fait, moi, pauvre chat ? Les vaga-bonds ne sont pas mon affaire. Je suis trop petit. Ce qu'il faudrait ici, c'est un chien. Ah ! s'il y avait eu un chien !

— Encore plutôt, grommelèrent les parents, nour-rir une bête à ne rien faire ? C'est déjà bien assez de toi.

— À votre aise, dit le chat. Aujourd'hui, on a pris des fleurs du jardin. Demain, on volera les poulets, et un autre jour, ce sera le veau.

Les parents ne répondirent pas, mais les dernières paroles du chat leur donnèrent à réfléchir. L'idée d'avoir un chien leur paraissait assez raisonnable et ils l'envisagèrent à plusieurs reprises au cours de la soirée.

À l'heure du dîner, tandis que les parents pas-saient à table avec les petites et qu'ils se plaignaient encore de n'avoir pu trouver de bœuf à un prix hon-nête, le chat s'en fut à travers prés jusqu'à la rivière. Le jour commençait à baisser et les grillons chan-taient déjà. Il trouva le cerf couché entre deux buis-sons et broutant des feuilles et des herbes. Ils eurent une longue conversation et le cerf, après avoir résisté longtemps aux avis que lui donnait le chat, finit par se laisser convaincre.

Le lendemain matin, de bonne heure, le cerf entra dans la cour de la ferme et dit aux parents :

— Bonjour, je suis un cerf. Je cherche du travail. N'avez-vous pas quelque chose pour moi ?

— Il faudrait d'abord savoir ce que tu sais faire, répondirent les parents.

— Je sais courir, trotter et aller au pas. Malgré mes jambes grêles, je suis fort. Je peux porter de lourds fardeaux. Je peux tirer une voiture, seul ou attelé en compagnie. Si vous êtes pressés d'aller quelque part, vous sautez sur mon dos et je vous conduis plus vite que ne saurait faire un cheval.

— Tout cela n'est pas mal, convinrent les parents. Mais quelles sont tes prétentions ?

— Le logement, la nourriture et, bien entendu, le repos du dimanche.

Les parents levèrent les bras au ciel.

Ils ne voulaient pas entendre parler de cette journée de repos.

— C'est à prendre ou à laisser, dit le cerf. Notez que je suis très sobre et que ma nourriture ne vous coûtera pas cher.

Ces dernières paroles décidèrent les parents et il fut convenu qu'on le prenait à l'essai pour un mois. Cependant, Delphine et Marinette sortaient de la maison et feignaient l'étonnement à la vue de leur ami.

— Nous avons trouvé un compagnon pour le bœuf, dirent les parents. Tâchez d'être convenables avec lui.

— Vous avez là deux petites filles qui sont bien jolies, dit le cerf. Je suis sûr que je m'entendrai avec elles.

Sans perdre de temps, les parents, qui projetaient d'aller à la charrue, firent sortir le bœuf de l'écurie. En apercevant le cerf dont la ramure avait de quoi le surprendre, il se mit à rire, d'abord discrètement, puis à pleine gorge et, tant il riait, lui fallut s'asseoir par terre. C'était un bœuf d'humeur joyeuse.

— Ah ! qu'il est drôle avec son petit arbre sur la tête ! Non, laissez-moi rire ! Et ces pattes et cette queue de rien du tout ! Non, laissez-moi rire tout mon saoul.

— Allons, en voilà assez, firent les parents. Lève-toi. Il est temps de penser au travail.

Le bœuf se leva, mais quand il sut qu'on devait l'atteler avec le cerf, il se mit à rire de plus belle. Il s'en excusa auprès de son nouveau compagnon.

— Vous devez me trouver bien stupide, mais vraiment, vos cornes sont si amusantes que j'aurai de la peine à m'y habituer. En tout cas, je vous trouve l'air gentil.

— Riez votre content, je ne m'en fâche pas. Si je vous disais que vos cornes m'amusent aussi ? Mais je compte y être habitué bientôt.

En effet, après qu'ils eurent labouré ensemble une demi-journée, ils ne pensaient plus à s'étonner de la forme de leurs cornes. Les premières heures de travail furent assez pénibles pour le cerf, bien que le bœuf lui économisât autant qu'il pouvait l'effort de tirer. Le plus difficile était pour lui de régler son allure à celle de son compagnon. Il se pressait trop, donnait l'effort par à-coups et, l'instant d'après, essoufflé, trébuchant sur les mottes de terre, ralentissait le train de l'attelage. Aussi la charrue allait-elle assez souvent de travers. Le premier sillon était si tortueux que les parents faillirent renoncer à poursuivre la tâche. Par la suite, grâce aux bons avis et à la complaisance du bœuf, tout alla bien mieux et le cerf ne tarda pas à devenir une excellente bête de labour.

Néanmoins, il ne devait jamais s'intéresser à son travail au point d'y prendre plaisir. N'eût été la compagnie du bœuf pour laquelle il avait une vive amitié, il n'aurait probablement pas pu s'y résigner. Il avait hâte de voir arriver la fin de la journée, qui le délivrait de la discipline des parents. En rentrant à la ferme, il se délassait en galopant dans la cour et dans les prés. Il jouait volontiers avec les petites et lorsqu'elles couraient après lui, il faisait exprès de se laisser attraper. Les parents regardaient leurs ébats sans bienveillance.

À quoi ça ressemble, disaient-ils. Après une journée de travail, aller se fatiguer à courir au lieu de bien se reposer pour être frais et dispos le lendemain.

C'est comme les gamines, elles s'en donnent déjà bien assez toute la journée sans avoir besoin de s'essouffler derrière toi.

— De quoi vous plaignez-vous ? répliquait le cerf. Il doit vous suffire que je fasse mon travail convenablement. Pour les petites, je leur apprends à courir et à sauter. Depuis que je suis ici, elles courent déjà bien plus vite. N'est-ce rien ? et y a-t-il dans la vie quelque chose qui soit plus utile que de bien courir ?

Mais toutes ces bonnes raisons ne contentaient pas les parents qui continuaient à grommeler en haussant les épaules. Le cerf ne les aimait guère et, sans la crainte de peiner les deux petites, il se fût laissé aller plus d'une fois à montrer ses vrais sentiments. Les amis qu'il s'était faits parmi les bêtes de la ferme l'aidaient aussi à prendre patience. Il y avait un canard bleu et vert avec lequel il s'entendait très bien et qu'il installait parfois entre ses cornes pour lui faire voir le monde d'un peu haut. Il aimait également beaucoup le cochon qui lui rappelait un sanglier de ses amis.

Le soir, à l'écurie, il avait de longues conversations avec le bœuf. Ils se racontaient leurs vies. Celle du bœuf était bien monotone et l'arrivée du cerf à la ferme en avait été le plus grand événement. Il en convenait lui-même et, au lieu de raconter, préférait écouter son ami. Celui-ci parlait des bois, des clairières, des étangs, des nuits passées à poursuivre la lune, des bains de rosée et des habitants de la forêt.

— N'avoir pas de maître, pas d'obligations, pas d'heure, mais courir à sa fantaisie, jouer avec les lapins, parler au coucou ou au sanglier qui passe...

— Je ne dis pas, répondait le bœuf, mais l'écurie n'est pas méprisable non plus. La forêt, je verrais ça plutôt pour des vacances, à la belle saison. Tu diras ce que tu voudras, mais en hiver ou par les grandes pluies, les bois ne sont guère agréables, au lieu qu'ici, je suis à l'abri, les sabots au sec, une botte de paille fraîche pour me coucher et du foin dans mon râtelier. Ce n'est quand même pas rien.

Mais tandis qu'il parlait ainsi, le bœuf songeait avec envie à cette vie de sous-bois qu'il ne connaîtrait jamais. Dans la journée, en labourant sur le milieu de la plaine, il lui arrivait de regarder la forêt en poussant, comme le cerf, un soupir de regret. La nuit même, il rêvait parfois qu'il jouait avec des lapins au milieu d'une clairière ou qu'il grimpait à un arbre derrière un écureuil.

Le dimanche, le cerf quittait l'écurie dès le matin et s'en allait passer la journée en forêt. Le soir, il rentrait avec des yeux brillants et parlait longuement des rencontres qu'il avait faites, des amis retrouvés, des courses et des jeux, mais le lendemain il était triste et ne desserrait pas les dents, sauf pour se plaindre de la vie ennuyeuse qu'il menait à la ferme. Plusieurs fois, il avait demandé la permission d'emmener le bœuf, mais les parents s'étaient presque fâchés.

— Emmener le bœuf ! pour aller traîner par les bois ! Laisse le bœuf en paix.

Le pauvre bœuf voyait partir son compagnon avec envie et passait un triste dimanche à rêver des bois et des étangs. Il en voulait aux parents de le tenir serré comme un jeune veau, lui qui avait cinq ans déjà. Delphine et Marinette n'eurent jamais non plus la permission d'accompagner le cerf, mais un dimanche après-midi, sous prétexte d'aller cueillir le muguet, elles le rejoignirent dans un endroit de la forêt où ils s'étaient donné rendez-vous. Il les fit monter sur son dos et les promena au travers des bois. Delphine était solidement accrochée à ses cornes et Marinette tenait sa sœur par la ceinture. Il disait les noms des arbres, montrait des nids, des terriers de lapins ou de renards. Parfois, une pie ou un coucou venait se poser sur ses cornes et lui racontait les nouvelles de la semaine. Au bord d'un étang, il s'arrêta un moment pour causer avec une vieille carpe âgée de plus de cinquante ans, qui bâillait le nez hors de l'eau. Comme il lui présentait les petites, elle répondit aimablement :

— Oh ! tu n'as pas besoin de me dire qui elles sont. J'ai connu leur mère quand elle était une petite fille, je parle d'il y a vingt-cinq ou trente ans, et en les voyant, je crois la retrouver telle qu'elle était. C'est égal, je suis bien contente d'apprendre qu'elles s'appellent Delphine et Marinette. Elles paraissent bien jolies, bien convenables. Il faudra revenir me voir, petites.

— Oh ! oui, madame, promirent les petites.

En quittant l'étang, le cerf emmena Delphine et Marinette dans une clairière et leur demanda de mettre pied à terre. Puis, avisant un trou à peine plus gros que le poing au pied d'un talus couvert de mousse, il en approcha son museau et par trois fois, fit entendre un léger cri. Comme il se reculait de quelques pas, les petites virent la tête d'un lapin avancer au bord du trou.

— Ne crains rien, dit le cerf. Les petites que tu vois là sont mes amies.

Rassuré, le lapin sortit de son terrier et deux autres lapins sortirent derrière lui. Delphine et Marinette les intimidaient encore un peu et ils furent un moment avant de se laisser caresser. Enfin, ils se mirent à jouer avec elles et à poser des questions. Ils voulaient savoir où était le terrier des petites, quelles sortes d'herbes elles préféraient, si elles étaient nées avec leurs habits ou s'ils étaient poussés plus tard. Elles étaient souvent embarrassées de répondre. Delphine ôta son tablier pour montrer qu'il ne tenait pas à sa peau et Marinette se déchaussa d'un pied. Pensant qu'elles devaient se faire très mal, ils fermaient les yeux pour ne pas voir. Lorsqu'ils eurent enfin compris ce qu'étaient des habits, l'un d'eux fit observer :

— C'est amusant, bien sûr, mais je ne vois pas l'avantage. Vos habits, vous devez les perdre ou oublier de les mettre. Pourquoi ne pas avoir du poil comme tout le monde ? c'est tellement plus commode.

Les petites étaient en train de leur apprendre un jeu, lorsque trois lapins, d'un même mouvement, coururent jusqu'à l'entrée de leur terrier en criant :

— Un chien ! sauvez-vous ! Voilà un chien !

En effet, à l'entrée de la clairière, un chien sortait d'un taillis.

— Un chien ! sauvez-vous ! Voilà un chien !

— N'ayez pas peur, dit-il, je suis Pataud. En passant près d'ici, j'ai reconnu le rire des petites et je suis venu vous dire bonjour.

Le cerf et les petites s'avancèrent à sa rencontre, mais rien ne put décider les lapins à quitter l'entrée du terrier. Le chien demanda au cerf à quoi il avait occupé son temps depuis le jour de la poursuite et il fut très heureux d'apprendre qu'il travaillait à la ferme.

— Tu ne pouvais pas agir plus sagement et je voudrais être sûr que tu auras assez de raison pour y rester toujours.

— Toujours ? protesta le cerf. Non, ce n'est pas possible. Si tu savais comme le travail est ennuyeux et comme la plaine est triste par ces grands soleils, alors qu'il fait si frais et si doux dans nos bois.

— Les bois n'ont jamais été moins sûrs, repartit le chien. On chasse presque tous les jours.

— Tu veux me faire peur, mais je sais bien qu'il n'y a presque rien à craindre.

— Je veux te faire peur, oui, pauvre cerf. Hier encore, nous avons tué un sanglier. Mais tu le connais probablement. C'était ce vieux sanglier qui avait une défense cassée.

— C'était mon meilleur ami ! gémit le cerf qui se mit à verser des larmes.

Les petites regardaient le chien avec un air de reproche et Marinette demanda :

— Ce n'est pas vous qui l'avez tué, dites ?

— Non, mais j'étais avec les chiens qui l'ont forcé. Il fallait bien. Ah ! quel métier ! depuis que je vous connais, je ne peux pas dire combien il m'est pénible. Si je pouvais, moi aussi, quitter la forêt pour aller travailler dans une ferme...

— Justement, nos parents ont besoin d'un chien, dit Delphine. Venez à la maison.

— Je ne peux pas, soupira Pataud. Quand on a ce métier, il faut bien qu'on le fasse. C'est ce qui compte d'abord. D'un autre côté, je ne voudrais pas non plus abandonner des compagnons de meute avec lesquels j'ai toujours vécu. Tant pis pour moi. Mais j'aurais moins de peine à vous quitter si notre ami voulait me promettre de rester à la ferme.

Avec l'aide des petites, il pressa le cerf de renoncer pour toujours à la vie des bois. Le cerf hésitait à répondre et regardait les trois lapins cabrioler autour de leur terrier. L'un d'eux s'était arrêté et l'appelait dans leur jeu. Alors, il fit signe aux petites qu'il ne pouvait rien promettre.

Le lendemain, le cerf était attelé avec le bœuf dans la cour de la ferme et rêvait aux arbres et aux bêtes de la forêt. Distrait, il n'entendit pas l'ordre de se mettre en route et resta sur place. Le bœuf avait eu un mouvement en avant, mais sentant résister son compagnon, il attendit sans bouger.

— Allons, hue ! dirent les parents. C'est encore cette sale bête !

Et comme le cerf, toujours distrait, demeurait immobile, ils lui donnèrent un coup de bâton. Il eut alors un sursaut de colère et s'écria :

— Dételez-moi tout de suite ! Je ne suis plus à votre service.

— Marche ! tu bavarderas une autre fois.

Comme il refusait de tirer la voiture, les parents lui donnèrent encore deux coups de bâton et, sur un nouveau refus, trois coups. Enfin, il se décida et les parents triomphèrent. En arrivant au champ où ils devaient planter des pommes de terre, ils déchargèrent le sac de semences et, dételant les bêtes, les mirent à paître sur le bord du chemin. La leçon des coups de bâton semblait avoir été profitable, car le cerf se montrait docile. Mais les parents avaient à peine commencé de planter qu'il disait au bœuf :

— Cette fois, je pars et pour toujours. N'essaie pas de me retenir, tu perdrais ton temps.

— Bon, fit le bœuf. Alors je pars aussi. Tu m'as tant parlé de la vie des bois que j'ai hâte de la connaître. Décampons.

Pendant que les parents tournaient le dos, ils gagnèrent un rideau de pommiers en fleurs et, de là, un chemin creux qui les conduisit droit aux bois. Tout heureux, le bœuf trottait en dansant et en chantonnant une chanson que lui avaient apprise les petites. Sa nouvelle vie lui semblait aussi belle qu'il avait pu l'imaginer depuis l'écurie. À peine entré dans la forêt, il commençait à déchanter. Il avait du mal à suivre le cerf à travers les taillis. Sa carrure le gênait beaucoup et ses longues cornes, plantées horizontalement, l'arrêtaient à chaque instant. Il songeait avec inquiétude qu'il ne pourrait jamais, en cas de danger, prendre sa course à travers bois. Cependant, le cerf s'engageait sur un terrain marécageux où il marchait si légèrement qu'on y voyait à peine la trace de ses pieds. Le bœuf n'avait pas fait trois pas qu'il s'enfonçait jusqu'aux genoux. Lorsque, après bien des efforts, il se fut tiré de là, il dit à son compagnon :

— Décidément, la forêt ne me convient pas. Il vaut mieux pour moi ne pas m'entêter et pour toi aussi. Je retourne sur la plaine.

Le cerf n'essaya pas de le retenir et l'accompagna jusqu'au bord de la forêt. Très loin, il aperçut les petites qui faisaient deux taches blondes dans la cour de la ferme et dit en les montrant au bœuf :

— Je n'aurais peut-être jamais eu le courage de les quitter si leurs parents ne m'avaient pas frappé. Elles et toi et toutes les bêtes de là-bas, vous allez me manquer...

Après de longs adieux, ils se séparèrent et le bœuf regagna son champ de pommes de terre.

En apprenant la fuite du cerf, les parents regrettèrent les coups de bâton. Il leur fallut acheter un autre bœuf qui leur coûta les yeux de la tête, mais c'était bien fait.

Les petites ne voulaient pas croire que leur ami le cerf fût parti pour toujours.

— Il reviendra, disaient-elles, il ne pourra pas toujours se passer de nous.

Mais les semaines passèrent et le cerf ne revenait pas. Elles soupiraient en regardant du côté des bois :

— Ils nous a oubliées. Il joue avec les lapins et les écureuils et ils nous a oubliées.

Un matin qu'elles écossaient des petits pois sur le seuil de la maison, le chien Pataud entra dans la cour. Il portait la tête basse et dit en arrivant près d'elles :

— J'ai une mauvaise nouvelle à vous apprendre.

— Le cerf ! crièrent les petites.

— Oui, le cerf. Mon maître l'a tué hier après-midi. Pourtant, j'ai fait tout ce que j'ai pu pour entraîner la meute sur une fausse piste. Mais Ravageur se méfiait de moi. Quand je suis arrivé près du cerf, il respirait encore et il m'a reconnu. Avec ses dents, il a cueilli une petite marguerite et il me l'a donnée pour vous. Pour les petites, il m'a dit. Tenez, la voilà, passée dans mon collier. Prenez-la.

Les petites pleuraient dans leur tablier et le canard bleu et vert pleurait aussi. Au bout d'un moment, le chien reprit :

— Et maintenant, je ne veux plus entendre parler de la chasse. C'est fini. Je voulais vous demander si vos parents avaient toujours envie d'un chien.

— Oui, répondit Marinette. Ils en parlaient encore tout à l'heure. Ah ! je suis bien contente ! tu vas rester avec nous !

Et les petites et le canard souriaient au chien qui balançait sa queue avec amitié.

Texte extrait de Marcel Aymé,
Les Contes du chat perché, 1963
© Éditions Gallimard

LA CAGE SANS OISEAUX

Félix ne comprend pas qu'on tienne des oiseaux prisonniers dans une cage.

— De même, dit-il, que c'est un crime de cueillir une fleur, et, personnellement, je ne veux la respirer que sur sa tige, de même les oiseaux sont faits pour voler.

Cependant il achète une cage ; il l'accroche à sa fenêtre. Il y dépose un nid d'ouate, une soucoupe de graines, une tasse d'eau pure et renouvelable. Il y suspend une balançoire et une petite glace.

Et comme on l'interroge avec surprise :

— Je me félicite de ma générosité, dit-il, chaque fois que je regarde cette cage. Je pourrais y mettre un oiseau et je la laisse vide. Si je voulais, telle grive brune, tel bouvreuil pimpant, qui sautille, ou tel autre de nos petits oiseaux variés serait esclave.

Mais grâce à moi, l'un d'eux au moins reste libre. C'est toujours ça.

Jules Renard,
Histoires naturelles, 1896

LE NID DE CHARDONNERETS

Il y avait, sur une branche fourchue de notre cerisier, un nid de chardonnerets joli à voir, rond, parfait, tous crins au-dehors, tout duvet au-dedans, et quatre petits venaient d'y éclore. Je dis à mon père :

— J'ai presque envie de les prendre pour les élever.

Mon père m'avait expliqué souvent que c'est un crime de mettre des ciseaux en cage. Mais, cette fois, las sans doute de répéter la même chose, il ne trouva rien à me répondre. Quelques jours après, je lui dis :

— Si je veux, ce sera facile. Je placerai d'abord le nid dans une cage, j'attacherai la cage au cerisier et la mère nourrira les petits par les barreaux, jusqu'à ce qu'ils n'aient plus besoin d'elle.

Mon père ne me dit pas ce qu'il pensait de ce moyen.

C'est pourquoi j'installai le nid dans une cage, la cage sur le cerisier et ce que j'avais prévu arriva : les vieux chardonnerets, sans hésiter, apportèrent aux petits des pleins becs de chenilles. Et mon père observait de loin, amusé comme moi, leur va-et-vient fleuri, leur vol teint de rouge sang et de jaune soufre.

Je dis un soir :

— Les petits sont assez drus. S'ils étaient libres, ils s'envoleraient. Qu'ils passent une dernière nuit en famille et demain je les porterai à la maison, je les pendrai à ma fenêtre, et je te prie de croire qu'il n'y aura pas beaucoup de chardonnerets au monde mieux soignés.

Mon père ne me dit pas le contraire.

Le lendemain, je trouvai la cage vide. Mon père était là, témoin de ma stupeur.

— Je ne suis pas curieux, dis-je, mais je voudrais bien savoir quel est l'imbécile qui a ouvert cette cage !

Jules Renard,
Histoires naturelles, 1896

L'OISEAU INDIEN

Un marchand gardait un oiseau en cage. Avant de partir pour l'Inde, pays d'où l'oiseau était originaire, il lui demanda s'il désirait qu'il lui rapporte quelque chose. L'oiseau réclama sa liberté mais elle fut refusée. Il demanda alors au marchand de se rendre dans une certaine jungle de l'Inde et d'y annoncer sa captivité à tous les oiseaux qui vivaient là en liberté.

C'est ce que fit le marchand mais il n'eut pas plus tôt ouvert la bouche qu'un oiseau sauvage, semblable en tous points au sien, tomba inanimé à ses pieds de la branche de l'arbre où il était perché.

Le marchand pensa alors qu'il s'agissait sûrement d'un proche parent de l'oiseau en cage et fut tout affligé d'avoir causé sa mort. Lorsqu'il fut de retour, l'oiseau lui demanda s'il rapportait de bonnes nouvelles de l'Inde.

« Hélas, non ! fit le marchand, j'ai bien peur que les nouvelles ne soient mauvaises ! L'un de tes proches parents s'est effondré et il est tombé à mes pieds quand j'ai fait mention de ta captivité. »

Il n'avait pas plus tôt prononcé ces mots que l'oiseau indien s'effondrait à son tour et tombait au fond de sa cage.

« La nouvelle de la mort de son frère l'a tué lui aussi », pensa le marchand. Désolé, il le ramassa et alla le poser sur le rebord de la fenêtre. L'oiseau, à l'instant même, revint à la vie et s'envola sur la branche la plus proche.

« Tu sais maintenant, dit l'oiseau au marchand, que ce que tu as pris pour une calamité était en fait pour moi une bonne nouvelle. Tu vois comment le message m'a été transmis – à travers toi, mon geôlier ; comment il m'a été suggéré de me conduire pour recouvrer ma liberté. » Et il s'envola à tire-d'aile, libre enfin.

Idries Shah,
Contes Derviches, 1979
traduction de Jean Néaumet
© Éditions Le Courrier du Livre

Comment La
Tortue déjoua
Les astuces de
son beau-père

Comment la tortue
déjoua les astuces de son beau-père

La tortue cherchait femme à sa convenance. Elle trouva bientôt une jeune fille qui consentait à l'épouser. Mais il restait à obtenir le consentement du père et à se mettre d'accord sur le « prix de la mariée ». Malheureusement, comme le père de la jeune fille ne tenait pas précisément à avoir une tortue pour gendre, il donna la condition que voici :

— Tout ce que je veux en échange de ma fille, c'est trois gerbes d'eau proprement liées avec de la ficelle.
— Entendu, répondit la tortue. J'irai les chercher dès que tu m'auras fabriqué cette ficelle avec la fumée de ta pipe.

Ashley Bryan, Jan Knappert, Jean Muzi,
Contes et fables d'Afrique, 2002
© Éditions Castor Poche Flammarion

Le lièvre fantôme

Il passait pourtant quelque part, à moins qu'il ne fondît et s'évanouît comme une poudrée de neige au soleil du printemps, ce roi des capucins du Fays, ce maître oreillard qui savait tous les tours, ce prince des bouquins qui roulait depuis des saisons et des saisons des générations de chiens.

Cette fois, il avait à ses trousses Miraut, le plus fameux chien de tout le canton, et Lisée, le braco, un riche fusil, qui prenait bien des permis mais chassait quand même en tout temps, et ces deux gaillards-là allaient lui donner du fil à retordre.

La lutte commença un matin de novembre, un beau matin givré que la terre sonnait sous le talon, où le limier trouva son fret à cinquante sauts de son gîte, et, sans perdre un vain temps, comme les camarades moins expérimentés, à « ravauder » sur le pâturage, vint, après quelques coupes savantes, lui fourrer sans façon le nez au derrière.

Roussard lièvre comprit qu'il avait affaire à un maître et qu'il fallait gagner au pied. Alors, bondissant de son gîte, il fila comme un trait, allongé de toute sa longueur, ventre à terre, yeux tout blancs, oreilles rabattues, moustaches en avant, tandis que la bordée coutumière de coups de gueule suivait son déboulé.

Miraut avait beau avoir bon jarret, il ne put longtemps soutenir la course à vue, d'autant que Roussard, qui connaissait l'homme et n'ignorait pas la signification des coups de fusil, avait grand soin de profiter, pour se défiler, de tous les abris et de tous les couverts utilisables.

Au bout de cinq minutes de ce train d'enfer, l'aboi du chien était à un kilomètre derrière lui... il avait le temps.

Le soleil se levait. Sur l'épaule du crêt chenu que dessine le Geys, où quelques vieux arbres, par endroits, dressent leurs ramures grêles, ses rayons rouges passaient, implacablement rectilignes, semblant trancher comme des faux sanglantes les moissons de pénombre massées dans la gorge des combes, ou encore, douaniers vigilants du jour, taraudaient de leurs sondes d'or les forêts captives de la terre, comme s'ils eussent voulu en expulser violemment la vénéneuse contrebande de mystère et de frayeur que la nuit essaie, avec chaque crépuscule, d'introduire furtivement sur le monde.

Au bout des glaives des grandes herbes, aux pointes des piques des arbrisseaux, son feu émoussait sans bruit la trempe fragile d'acier diamanté que l'humidité et le gel avaient fixée de concert, tandis que sous les pattes des deux coureurs, une bande d'un vert plus cru, comme approfondie par son regard brûlant, marquait leur sillage dans la grisaille argentée des gazons courts.

Ni l'un ni l'autre ne s'en apercevait. Mais le vieux bouquin, tout en enchevêtrant sa voie de pointes et de crochets, réfléchissait à ce qu'il devait faire.

Il ne connaissait point Miraut ; cependant, au peu de temps qu'il avait mis du premier coup de gueule au dénichage du lancer, il avait pu juger que c'était un adversaire de taille et que, par conséquent, le poilu bigarré qui l'accompagnait était fort à craindre lui aussi. Toutefois, comme ce brûleur de poudre-là devait être nouveau au pays, il décida en son for intérieur qu'il pouvait, sans hésiter, employer la vieille tactique.

C'est pourquoi, après un détour raisonnable, suffisamment long pour prouver sa vigueur, il redescendit l'un des chemins qui menaient au bas du Fays, à la croisée des voies où ces imbéciles d'humains l'attendaient régulièrement, mais où il se gardait bien de passer.

Dès qu'il arriva à deux portées de fusil de ce poste dangereux, il s'arrêta, s'assit sur son derrière, tourna ses oreilles vers les quatre vents, ressauta au bois, fila vers le haut des jeunes coupes et disparut.

Quand Miraut, qui n'avait point perdu de temps aux doublés de Roussard, arriva quelques instants après, qu'il eut repris la piste nouvelle et l'eut suivie jusqu'au haut des jeunes coupes, hors du fossé du bois, il trouva quelques pointes qu'il ne suivit pas, selon sa vieille tactique, mais il tourna autour de l'endroit pour retrouver la bonne piste et ne trouva rien.

Il raccourcit son cercle... rien encore ; il le doubla, toujours rien ; il suivit l'une après l'autre et minutieusement toutes les pointes... plus de fret.

Furieux alors, Miraut jappa, gueula, hurla à pleine gorge contre cette sale bête, et Lisée, sans tarder, vint le rejoindre, ahuri de voir pour la première fois en défaut son compagnon, cette maîtresse bête, ce nez inroulable, ce roublard des roublards.

Il n'y avait point de buissons dans la plaine, et la coupe, récemment nettoyée par les bûcherons, était nette comme un champ d'éteules.

Le chien et l'homme longèrent des deux côtés le mur de bois, pierre à pierre, abri par abri ; ils visitèrent le pied de toutes les souches et de tous les arbres qui restaient : baliveaux, chablis, modernes, anciens, rien, rien, rien !

Ils s'en allèrent bredouilles ; cependant cela ne devait pas se passer ainsi.

Deux jours après, Miraut vint relancer l'oreillard que Lisée cette fois attendit sur le chemin où il était passé le premier jour, mais Roussard en prit un autre et vint se faire perdre tout comme la première fois, au même endroit. Deux jours plus tard, cela recommença encore. Et ainsi tout le mois de novembre.

À la fin, Lisée, dès le lancer, monta à ce poste extraordinaire, afin d'en avoir le cœur net. Ce jour-là, Roussard, qui était assez vieux pour ne pas se fier seulement à son oreille, mais qui savait aussi voir et renifler, approcha bien de la coupe, mais n'y entra point et s'en fut se faire perdre loin, loin, bien loin, au tonnerre de Dieu, comme disait le chasseur.

C'était tout de même rudement vexant.

Et Miraut et Lisée, toute la saison, s'acharnèrent à poursuivre ce lièvre fantôme, ce capucin sorcier que personne n'avait jamais pu joindre ni voir, qui crevait les chiens les plus forts et roulait les meilleurs.

Mais chaque fois que Lisée montait en haut de la coupe, Roussard n'y venait pas, et chaque fois qu'il se postait ailleurs, Miraut, hurlant de rage, fou, l'œil hors de l'orbite, le poil hérissé, venait le perdre là et s'en retournait la tête basse et la queue entre les jambes, malade de dépit et de rage vers son maître, qui sacrait bien de toute sa gorge comme un braconnier qu'il était, mais n'y pouvait rien.

Enfin, un jour de février, Lisée, posté à deux cents pas de l'endroit maudit et caché derrière un gros chêne, eut la clef de l'énigme. Le cœur tapant d'émotion, il vit Roussard sauter du bois, faire ses doublés et ses pointes, revenir à son centre d'opération et, d'un seul saut, bondir en l'air d'un élan fou, comme s'il escaladait le ciel pour retomber... Ah çà ! la coupe était nette ! où donc était-il retombé ? Lisée, de derrière son arbre, écarquillait ses quinquets. Il ne vit rien, rien, plus rien du tout ! Roussard avait disparu.

— Celle-là, par exemple, elle était forte !

Miraut, en râlant de rage, car ce n'étaient plus des abois qu'il poussait, arriva juste pour se trouver nez à nez avec son maître. Celui-ci, sûr ou presque de n'avoir pas eu la berlue et blême d'émoi, regardait de nouveau partout le sol et examinait méthodiquement chaque pouce carré du terrain où Roussard eût pu se trouver.

Ce devait être au pied de cette souche. Mais non, rien. Il fallait qu'il se fût envolé vers le ciel. Lisée trembla.

Ses regards, instinctivement, montèrent pour interroger l'azur et... ce qu'il vit :

Au sommet de la vieille souche pourrie, dédaignée par les bûcherons, à quatre bons pieds au-dessus du sol, entre quelques rejets gris comme le dos du capucin qui se confondait entièrement avec eux, Roussard lièvre s'aplatissait, immobile, les oreilles rabattues, sans souffle, n'émettant aucune odeur, et aussi souche que la souche elle-même.

Que de fois le braconnier, son fusil à la main, avait passé à un pas de lui, inspectant le pied de la souche, sans songer à regarder dessus ; on dit tant que les lièvres ne font pas leur nid sur les saules !

Vous croyez peut-être que je l'ai tué, fit Lisée à quatre ou cinq camarades à qui il narrait ses malheurs ! Voilà bien ma veine ! Ce jour-là, je n'avais justement pas pris mon fusil, car la chasse au lièvre était fermée, et le père Martet, le brigadier forestier, qui ne badine pas là-dessus, faisait sa tournée aux alentours. Alors, comme je ramassais un rondin pour l'envoyer sur le râble de l'oreillard, lui qui n'avait jamais bougé les fois d'avant... tout d'un coup, avant que j'aie seulement levé le bras... frrt, se mit à détaler avec Miraut à ses trousses, et jamais, vous m'entendez bien, jamais il n'est revenu là et on ne l'a jamais revu. Et vous me direz encore qu'il n'était pas sorcier, ce coquin-là !

Louis Pergaud,
De Goupil à Margot – Histoires de bêtes, 1910
© Mercure de France

Le lièvre

et la perdrix

LE LIÈVRE ET LA PERDRIX

Il ne se faut jamais moquer des misérables :
    Car qui peut s'assurer d'être toujours heureux ?
    Le sage Ésope dans ses Fables
Nous en donne un exemple ou deux.
Celui qu'en ces Vers je propose
Et les siens, ce sont même chose.
Le Lièvre et la Perdrix, concitoyens d'un champ,
Vivaient dans un état, ce semble, assez tranquille,
Quand une Meute s'approchant
Oblige le premier à chercher un asile :
Il s'enfuit dans son fort, met les chiens en défaut,
Sans même en excepter Briffaut.
Enfin il se trahit lui-même
Par les esprits sortant de son corps échauffé.
Miraut sur leur odeur ayant philosophé,
Conclut que c'est son Lièvre, et d'une ardeur extrême
Il le pousse, et Rustaut, qui n'a jamais menti,
Dit que le Lièvre est reparti.

Le pauvre malheureux vient mourir à son gîte.
La Perdrix le raille et lui dit :
Tu te vantais d'être si vite !
Qu'as-tu fait de tes pieds ? Au moment qu'elle rit,
Son tour vient ; on la trouve. Elle croit que ses ailes
La sauront garantir à toute extrémité ;
Mais la pauvrette avait compté
Sans l'Autour aux serres cruelles.

Jean de La Fontaine,
Fables, Livre cinquième, Fable XVII,
1668-1678 (Livres I à VI)

LE SECRET DES BÊTES

Il était une fois un homme qui avait deux fils. L'aîné était aveugle. Avant de mourir, le père avait dit au plus petit de ne jamais abandonner son frère et d'aller avec lui demander l'aumône pour vivre.

Un matin, le père mourut.

Le plus jeune fils prit son frère par le bras et le conduisit au milieu d'un bois, lui demandant de l'attendre sans bouger près d'un chêne. Puis il l'attacha, grâce à une longue corde, à un autre arbre. Il s'y prit avec tant d'habileté que l'aveugle ne s'en aperçut pas...

Quelques heures s'écoulèrent. Constatant que son frère ne revenait pas, le pauvre garçon voulut faire quelques pas et comprit qu'il était attaché. Il se mit à pleurer.

La nuit tombait. Des animaux sauvages rôdaient. Son frère n'était toujours pas revenu. Sentant le danger venir, il se souvint qu'il avait un canif dans sa poche et coupa la corde. Puis sans tarder, il grimpa en haut du chêne.

Du haut de l'arbre, il entendait les animaux de toutes espèces se retrouver et parler. Ils se racontaient des histoires. D'après eux, les hommes étaient ignorants et ridicules. Le loup déclarait par exemple que si un aveugle se frottait les yeux avec l'écorce de ce chêne il retrouverait la vue. Le garçon, sans perdre une minute, ressortit son canif, coupa un peu d'écorce, et se frotta vivement les yeux avec. Minute par minute sa vue revenait, il l'avait retrouvée complètement quelques minutes plus tard.

Le lion, lui, s'exclamait :

« Quand je pense qu'à une vingtaine de kilomètres à l'est d'ici se trouve une ville qui ne possède plus d'eau ; et pour que les habitants retrouvent de l'eau, il suffirait de soulever la pierre qui se trouve au milieu de la place centrale, et l'eau jaillirait de nouveau, comme au bon vieux temps, de toutes les fontaines du lieu. »

Enfin l'ours raconta à son tour ce qu'il avait appris quelques jours auparavant :

« Écoutez, il y a quelques jours, j'ai su une nouvelle importante. Eh oui, la fille de notre roi est malade et aucun médecin n'arrive à la guérir. C'est pourtant simple ; pour la guérir, il suffirait d'enlever le crapaud qui se trouve sous son traversin, mais personne ne songe à soulever ce traversin ! »

Quand les bêtes furent parties, le jeune homme descendit de l'arbre, se rendit dans la ville où il n'y avait plus d'eau, souleva la pierre au milieu de la place centrale et à la grande stupéfaction des habitants, l'eau rejaillit abondamment. Tous le remercièrent et le payèrent.

Puis il partit vers le palais où la fille du roi vivait dolente, presque mourante. Arrivé là, il la délivra en retirant le crapaud de dessous son traversin comme l'avait dit l'ours. Et en récompense il demanda au roi la main de sa fille. Elle lui fut immédiatement accordée.

Le temps passa et un jour le frère de notre homme, à qui on avait raconté sa réussite, vint le retrouver et lui demander pardon. Celui-ci qui était bon lui pardonna tout ce que son frère lui avait fait. Et comme il était heureux et très gentil, il le maria à une des dames de la cour.

Un jour, au cours d'un repas, le frère cadet fut amené à lui demander comment il avait retrouvé la vue et comment il avait pu devenir aussi riche, et aussi aimé. Celui-ci lui répondit que c'était dans les branches du chêne où il avait été attaché, et il lui donna des explications. Quand le jeune homme sut tout ce qui s'était passé, il le remercia et continua à manger.

La nuit venue, quand tout le monde fut couché, il partit dans la forêt où jadis il avait abandonné son frère. Il grimpa en haut du chêne et attendit que les animaux arrivent. Ils arrivèrent tous un peu nerveux. Quand ils furent tous là, le lion, le plus furieux, déclara : « Il devait y avoir quelqu'un l'autre jour dans l'arbre, car tous nos secrets ont été découverts. Ours, toi qui sais bien grimper, monte voir si cette personne est revenue. »

L'ours grimpa, aperçut l'homme, et le dévora.

Sibérie, raconté par un élève de quatrième
du collège de la rue de la Fontaine-au-roi, 1983
Muriel Bloch, *365 contes pour tous les âges*,
© Éditions Gallimard, texte D.R.

LE PETIT PRINCE

C'est alors qu'apparut le renard.

— Bonjour, dit le renard.

— Bonjour, répondit poliment le petit prince, qui se retourna mais ne vit rien.

— Je suis là, dit la voix, sous le pommier...

— Qui es-tu ? dit le petit prince. Tu es bien joli...

— Je suis un renard, dit le renard.

— Viens jouer avec moi, lui proposa le petit prince. Je suis tellement triste...

— Je ne puis pas jouer avec toi, dit le renard. Je ne suis pas apprivoisé.

— Ah ! pardon, fit le petit prince.

Mais, après réflexion, il ajouta :

— Qu'est-ce que signifie « apprivoiser » ?

— Tu n'es pas d'ici, dit le renard, que cherches-tu ?

— Je cherche les hommes, dit le petit prince. Qu'est-ce que signifie « apprivoiser » ?

— Les hommes, dit le renard, ils ont des fusils et ils chassent. C'est bien gênant ! Ils élèvent aussi des poules. C'est leur seul intérêt. Tu cherches des poules ?

— Non, dit le petit prince. Je cherche des amis. Qu'est-ce que signifie « apprivoiser » ?

— C'est une chose trop oubliée, dit le renard. Ça signifie créer des liens...

— Créer des liens ?

— Bien sûr, dit le renard. Tu n'es encore pour moi qu'un petit garçon tout semblable à cent mille petits garçons. Et je n'ai pas besoin de toi. Et tu n'as pas besoin de moi non plus. Je ne suis pour toi qu'un renard semblable à cent mille renards. Mais, si tu m'apprivoises, nous aurons besoin l'un de l'autre. Tu seras pour moi unique au monde. Je serai pour toi unique au monde...

— Je commence à comprendre, dit le petit prince. Il y a une fleur... je crois qu'elle m'a apprivoisé...

— C'est possible, dit le renard. On voit sur la Terre toutes sortes de choses...

— Oh ! ce n'est pas sur la Terre, dit le petit prince.

Le renard parut très intrigué :

— Sur une autre planète ?

— Oui.

— Il y a des chasseurs, sur cette planète-là ?

— Non.

— Ça, c'est intéressant ! Et des poules ?

— Non.

— Rien n'est parfait, soupira le renard.

Mais le renard revint à son idée :

— Ma vie est monotone. Je chasse les poules, les hommes me chassent. Toutes les poules se ressemblent, et tous les hommes se ressemblent. Je m'ennuie donc un peu. Mais, si tu m'apprivoises, ma vie sera comme ensoleillée. Je connaîtrai un bruit de pas qui sera différent de tous les autres. Les autres pas me font rentrer sous terre. Le tien m'appellera hors du terrier, comme une musique. Et puis regarde ! Tu vois, là-bas, les champs de blé ? Je ne mange pas de pain. Le blé pour moi est inutile. Les champs de blé ne me rappellent rien. Et ça, c'est triste ! Mais tu as des cheveux couleur d'or. Alors ce sera merveilleux quand tu m'auras apprivoisé ! Le blé, qui est doré, me fera souvenir de toi. Et j'aimerai le bruit du vent dans le blé...

Le renard se tut et regarda longtemps le petit prince :

— S'il te plaît... apprivoise-moi, dit-il.

— Je veux bien, répondit le petit prince, mais je n'ai pas beaucoup de temps. J'ai des amis à découvrir et beaucoup de choses à connaître.

— On ne connaît que les choses que l'on apprivoise, dit le renard. Les hommes n'ont plus le temps de rien connaître. Ils achètent des choses toutes faites chez les marchands. Mais comme il n'existe point de marchands d'amis, les hommes n'ont plus d'amis. Si tu veux un ami, apprivoise-moi !

— Que faut-il faire ? dit le petit prince.

— Il faut être très patient, répondit le renard. Tu t'assoiras d'abord un peu loin de moi, comme ça, dans l'herbe. Je te regarderai du coin de l'œil et tu ne diras rien. Le langage est source de malentendus. Mais, chaque jour, tu pourras t'asseoir un peu plus près...

Le lendemain revint le petit prince.

— Il eût mieux valu revenir à la même heure, dit le renard. Si tu viens, par exemple, à quatre heures de l'après-midi, dès trois heures je commencerai d'être heureux. Plus l'heure avancera, plus je me sentirai heureux. À quatre heures, déjà, je m'agiterai et m'inquiéterai ; je découvrirai le prix du bonheur ! Mais si tu viens n'importe quand, je ne saurai jamais à quelle heure m'habiller le cœur... Il faut des rites.

— Qu'est-ce qu'un rite ? dit le petit prince :

— C'est aussi quelque chose de trop oublié, dit le renard. C'est ce qui fait qu'un jour est différent des autres jours, une heure, des autres heures. Il y a un rite, par exemple, chez mes chasseurs. Ils dansent le jeudi avec les filles du village. Alors le jeudi est jour merveilleux ! Je vais me promener jusqu'à la vigne.

Si les chasseurs dansaient n'importe quand, les jours se ressembleraient tous, et je n'aurais point de vacances.

Ainsi le petit prince apprivoisa le renard. Et quand l'heure du départ fut proche :

— Ah ! dit le renard... Je pleurerai.

— C'est ta faute, dit le petit prince, je ne te souhaitais point de mal, mais tu as voulu que je t'apprivoise...

— Bien sûr, dit le renard.

— Mais tu vas pleurer ! dit le petit prince.

— Bien sûr, dit le renard.

— Alors tu n'y gagnes rien !

— J'y gagne, dit le renard, à cause de la couleur du blé.

Puis il ajouta :

— Va revoir les roses. Tu comprendras que la tienne est unique au monde. Tu reviendras me dire adieu, et je te ferai cadeau d'un secret.

Le petit prince s'en fut revoir les roses :

— Vous n'êtes pas du tout semblables à ma rose, vous n'êtes rien encore, leur dit-il. Personne ne vous a apprivoisées et vous n'avez apprivoisé personne. Vous êtes comme était mon renard. Ce n'était qu'un renard semblable à cent mille autres. Mais, j'en ai fait mon ami, et il est maintenant unique au monde.

Et les roses étaient bien gênées.

— Vous êtes belles, mais vous êtes vides, leur dit-il encore. On ne peut pas mourir pour vous. Bien sûr, ma rose à moi, un passant ordinaire croirait qu'elle vous ressemble. Mais à elle seule elle est plus importante que vous toutes, puisque c'est elle que j'ai arrosée. Puisque c'est elle que j'ai mise sous globe. Puisque c'est elle que j'ai abritée par le paravent. Puisque c'est elle dont j'ai tué les chenilles (sauf les deux ou trois pour les papillons). Puisque c'est elle que j'ai écoutée se plaindre, ou se vanter, ou même quelquefois se taire. Puisque c'est ma rose.

Et il revint vers le renard :

— Adieu, dit-il...

— Adieu, dit le renard. Voici mon secret. Il est très simple : on ne voit bien qu'avec le cœur. L'essentiel est invisible pour les yeux.

— L'essentiel est invisible pour les yeux, répéta le petit prince, afin de se souvenir.

— C'est le temps que tu as perdu pour ta rose qui fait ta rose si importante.

— C'est le temps que j'ai perdu pour ma rose... fit le petit prince, afin de se souvenir.

— Les hommes ont oublié cette vérité, dit le renard. Mais tu ne dois pas l'oublier. Tu deviens responsable pour toujours de ce que tu as apprivoisé. Tu es responsable de ta rose...

— Je suis responsable de ma rose... répéta le petit prince, afin de se souvenir.

Antoine de Saint-Exupéry,
Le Petit Prince, Chapitre XXI, 1943
© Éditions Gallimard

PRÉSENTATION BIOGRAPHIQUE DES AUTEURS

Aymé (Marcel, 1902-1967). Écrivain français. Il est l'auteur de nombreuses nouvelles (« Le Passe-Muraille », 1943), et de romans dans lesquels le fantastique côtoie la fantaisie et la satire sociale *(La Jument verte*, 1933). Il est également l'auteur de contes *(Contes du chat perché*, 1963) et de pièces de théâtre *(Vogue la galère*, 1944).

Bladé (Jean-François, 1827-1900). Écrivain français. Promis à une brillante carrière juridique, il abandonne très vite le droit pour se consacrer à l'écriture. Il a écrit des contes *(Contes populaires de la Gascogne*, 1886), des poésies *(Poésies populaires de la Gascogne*, 1883), des nouvelles et des proverbes, d'abord en gascon puis en français.

Daudet (Alphonse, 1840-1897). Écrivain français. Il est l'auteur de plusieurs contes et nouvelles *(Lettres* *de mon moulin*, 1869, *Contes du lundi*, 1873) et de romans, (*Le Petit Chose*, 1868 *Tartarin de Tarascon*, 1872) où la fantaisie se mêle à la vie quotidienne.

Fdida (Jean-Jacques, 1963). Conteur, comédien et metteur en scène français, il est l'auteur de plusieurs pièces de théâtre et de contes *(Contes des sages juifs, chrétiens et musulmans : histoires tombées du ciel*, 2006). Passionné de musique, il collabore régulièrement avec des compositeurs et des interprètes (Jean-Marc Padovani, Élise Caron, Jean-Marie Machado...).

Grimm (Jacob, 1785-1863 et Wilhelm, 1786-1859). Chercheurs et linguistes, ces frères allemands ont réuni plus de deux cents contes et légendes, recueillant ainsi l'héritage de la vaste production populaire du Moyen Âge germanique.

La Fontaine (Jean de, 1621-1695). Poète français, auteur de *Contes et Nouvelles* (1665) et de *Fables* (1668-1694). Ses fables pittoresques, qui mettent en scène des animaux aux raisonnements humains, enchantaient la société de son époque.

Prévert (Jacques, 1900-1977). Dialoguiste de films qui ont marqué le cinéma *(Les Visiteurs du soir*, 1942,

Les Enfants du paradis, 1945), parolier, il fut un poète très populaire *(Paroles*, 1946).

Pergaud (Louis, 1882-1915). Écrivain français. On lui doit *De Goupil à Margot* (1910) et *La Guerre des boutons* (1912). Son œuvre compose un tableau savoureux de la vie des animaux et de celle des paysans francs-comtois au début du XXe siècle. Son sens aigu de l'observation en fait un fabuleux conteur amoureux des contrastes.

Renard (Jules, 1864-1910). Écrivain français, il est l'auteur de récits réalistes *(L'Écornifleur*, 1892), et de récits brefs *(Histoires naturelles*, 1896). Avec *Poil de Carotte* (1894), il crée la figure de « l'enfant souffre-douleur ». Il se tourne également vers le théâtre avec des pièces naturalistes et drôles *(Le Pain de ménage*, 1898).

Saint-Éxupéry (Antoine de, 1900-1944). Aviateur et écrivain français. On lui doit des romans *(Vol de nuit*, 1931, *Terre des hommes*, 1939, *Pilote de guerre*, 1942) et des récits symboliques *(Le Petit Prince*, 1943) qui délaissent les valeurs humanistes dans une société vouée au progrès technique.

Shah (Idries, 1924-1996). Écrivain et poète afghan. Ses œuvres se sont vendues dans le monde entier

(Apprendre à apprendre, 1987, *Contes Derviches,* 1979, *Kara Kush,* 1987) et se présentent souvent sous la forme d'« histoires-enseignements ».

Table des matières

PASSION CHEVAL

Partez pour des chevauchées
aux quatre coins du monde
où l'aventure se vit au galop.
Des romans aux accents de liberté...
pour tous les passionnés de chevaux !

TITRES DÉJÀ PARUS

Flammarion jeunesse

CHEVAL FANTÔME
Tome 1 : **L'étalon sauvage**
Terri Farley

Quelle joie pour Sam de revenir chez elle après deux ans
d'absence due à un grave accident de cheval !
Pourtant, Blackie, son premier et seul cheval,
lui manque terriblement : nul ne l'a revu depuis
l'accident... Soudain, un étalon d'argent surgit devant Sam,
plus beau et plus sauvage que les autres : est-ce un signe ?
Blackie est-il revenu aussi ?

« Il était plus beau que tout ce qu'elle avait jamais vu, un
cheval dragon argenté, tissé de rayons de lune
et de magie. »

Flammarion jeunesse

CHEVAL FANTÔME
Tome 2 : Un mustang dans la nuit
Terri Farley

Une nuit, un étalon sauvage vient rôder près du ranch de
Sam. Elle ne reconnaît pas Fantôme,
son cheval bien-aimé qui a désormais retrouvé la liberté.
Mais lorsque les troupeaux de la région sont attaqués par un
cheval sauvage, tout le monde
soupçonne Fantôme.
Au village, une battue s'organise...
Sam doit sauver Fantôme !

« Tel un arbre renversé couvert de givre, les branches de
l'éclair illuminaient de leurs zébrures la toile noire tendue
derrière lui. Le Fantôme était de retour ! »

Flammarion jeunesse

CHEVAL FANTÔME
Tome 3 : **Une jument dans les flammes**
Terri Farley

Que se passe-t-il dans le Canyon Perdu ?
Depuis plusieurs jours, d'étranges fumées blanches
s'en échappent. Avec Caïd, son jeune mustang, Sam décide
de mener l'enquête. Elle découvre que des voleurs
de chevaux sévissent dans la région.
Le troupeau du Fantôme est en danger.
Sam réussira-t-elle à le sauver ?

« Mettant des jambes, Sam fit partir Caïd au galop, pour
essayer d'aller couper le chemin au fugitif. »

Flammarion jeunesse

CHEVAL FANTÔME
Tome 4 : Le cheval rebelle
Terri Farley

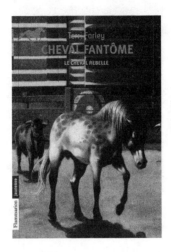

Sam a des raisons de se faire du souci.
Avec la sécheresse, le ranch de son père a du mal à tourner,
et ils doivent trouver de l'argent.
Pour ne rien arranger, Sam apprend qu'une société de rodéo
s'est installée dans la région et recherche des chevaux. Une
fois de plus, le Fantôme et son troupeau sont en danger.
Mais Sam n'a pas dit son dernier mot...

« Où était le Fantôme ? Que ferait Slocum si l'étalon qu'il
avait toujours voulu capturer se trouvait près de chez lui ? »

Flammarion jeunesse

CHEVAL FANTÔME
Tome 5 : Un poulain dans la tourmente
Terri Farley

Quand Sam découvre que plusieurs mustangs sont sur le point d'être abattus, notamment un poulain aveugle, son sang ne fait qu'un tour. N'écoutant que son cœur, elle décide de convaincre la propriétaire du ranch des Cerfs de les adopter. En contrepartie, elle accepte de l'aider. Mais entre ses corvées au ranch familial et ses devoirs, la jeune fille ne sait plus où donner de la tête. Elle en délaisse ses amis et ses chevaux préférés... Sam réussira-t-elle à sortir de la tourmente ?

« Norman White avait raison : le poulain semblait bien aveugle et terrifié. »

Flammarion jeunesse

FLAMME, UNE JUMENT DE FEU
Victoria Holmes

Depuis la mort de ses parents, Maddie, 15 ans, vit avec ses grands-parents. Leur domaine, loin de Londres, manque d'attraits pour la jeune fille. Elle désespère de revoir son grand frère, Théo, parti exploiter une mine de diamants en Namibie. Pourtant, un jour, le jeune homme resurgit.
Il ramène avec lui une jument intrépide : Flamme. Maddie décide de l'apprivoiser. C'est l'occasion pour elle de passer beaucoup de temps avec son frère, qu'elle trouve de plus en plus étrange... Quel secret Théo cache-t-il ?

« Tout ce qui comptait, à présent, c'était de se trouver là, près de ce cheval, sans lui faire peur et sans lui demander plus que sa confiance et son amitié. »

Flammarion jeunesse

LA CAVALIÈRE DE MINUIT
Victoria Holmes

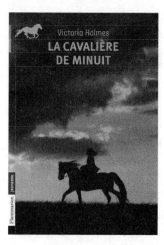

Helena a beau être la fille aînée de Lord Roseby et vivre
dans un manoir en Angleterre au XVIIIe siècle, c'est une
demoiselle qui n'a pas froid aux yeux ! Sa grande passion,
ce sont les chevaux, et en particulier Oriel, un superbe étalon
aux sombres teintes acajou. Mais pour une jeune fille de
bonne famille, piquer des galops le long de la falaise,
ça ne se fait pas ! Surtout quand les trafiquants sévissent sur
la côte et menacent la sécurité de tous. Intriguée par cette
affaire, Helena décide d'enquêter... au grand galop !

« Helena ne put s'empêcher de poser la question, car le sujet
la perturbait. Le village de Roseby abriterait-il, contre toute
attente, une compagnie de contrebandiers ? »

Flammarion **jeunesse**

KATIE ET LE CHEVAL SAUVAGE
Tome 1 : Une rencontre inespérée
Kathleen Duey

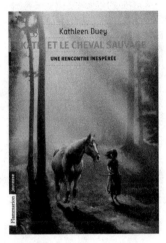

À la mort de ses parents, Katie a été recueillie par les
Stevens. Elle consacre toutes ses journées à les aider aux
travaux de la ferme. Mais la fillette souffre de sa solitude et
rêve d'une autre vie...
Un jour, M. Stevens revient à la ferme avec un cheval
sauvage. Katie est la seule à pouvoir l'approcher.
De cette rencontre va naître l'espoir...

« Ne t'en fais pas. Je vais te donner à manger, reprit Katie en
avançant dans l'étable sombre. D'accord ? Surtout reste là.
Tout va bien. Ne bouge pas. »

Flammarion jeunesse

KATIE ET LE CHEVAL SAUVAGE
Tome 2 : Un voyage mouvementé
Kathleen Duey

Katie a décidé de partir pour l'Ouest. Elle rêve de rejoindre
son oncle dans l'Oregon. Elle fera le voyage avec son ami
Hiram et le cheval sauvage qu'elle a apprivoisé.
Sur la route, ils rencontrent la famille Kyler
qui leur propose de se joindre à eux.
Katie semble avoir trouvé le bonheur mais un
accident vient remettre le voyage en question...
Katie devra-t-elle renoncer à son rêve ?

« J'avais peur. En quelque sorte, la traversée de cette rivière
avait fait de ce voyage une réalité. Nous nous apprêtions à
pénétrer dans des régions inhabitées. »

Flammarion jeunesse

MICHEL HONAKER

ODYSSÉE

IL Y A LONGTEMPS,
BIEN TROP LONGTEMPS MAINTENANT
QU'ULYSSE A QUITTÉ LE RIVAGE
DE SON CHER ROYAUME D'ITHAQUE
POUR PARTIR À LA GUERRE.
PÉNÉLOPE ET TÉLÉMAQUE ESPÈRENT
CHAQUE JOUR SON RETOUR.
MAIS LE VOYAGE N'EST PAS FINI.

AINSI EN ONT DÉCIDÉ LES DIEUX...

**QUATRE TOMES
PARUS**

LA MALÉDICTION
DES PIERRES NOIRES
LIVRE I

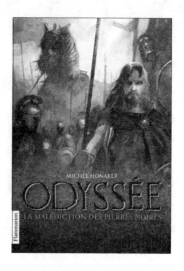

Depuis dix ans, la ville de Troie est assiégée
par l'armée grecque. Elle compte parmi ses généraux
le héros aux mille ruses, Ulysse.
Le destin de tout un peuple repose entre ses mains.
Mais pour l'accomplir ne devra-t-il pas renoncer
à sa vie de simple mortel ?

LES NAUFRAGÉS
DE POSÉIDON
LIVRE II

Alors qu'Ulysse erre toujours sur les mers du monde,
son fils Télémaque part à sa recherche.
Pénélope est désormais seule face à ses nombreux
prétendants. Tous les trois devront déjouer les plans
machiavéliques de leurs ennemis,
humains comme divins.

LE SORTILÈGE DES OMBRES
LIVRE III

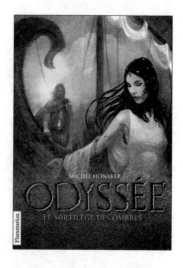

La folie des hommes et la colère des dieux
ont empêché Ulysse d'atteindre Ithaque.
Repoussé par des vents contraires,
il échoue sur l'île de l'envoûtante Circé.
Tandis qu'Ulysse se bat pour résister aux sortilèges
de la magicienne, son fils, Télémaque,
découvre le destin tragique qui l'attend...

LA GUERRE DES DIEUX
LIVRE IV

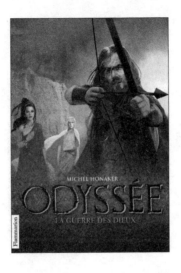

Ulysse aperçoit enfin la côte d'Ithaque,
où l'attend sa dernière épreuve,
peut-être la plus terrible... Mais, pour qu'il puisse
reconquérir son trône, les dieux doivent lever
la malédiction qui l'empêche de rentrer chez lui.
Pourtant, Zeus et Poséidon ne parviennent pas
à trouver un accord et la guerre semble
inévitable. Ulysse sortira-t-il indemne de
cet affrontement divin ?

Imprimé en Espagne par
Litografia rosés
à Gava
en juillet 2010

Dépôt légal : août 2010
N° d'édition : L.01EJEN000451.N001
Loi n° 49-956 du 16 juillet 1949
sur les publications destinées à la jeunesse